U0910580

饥饿

一部身体的回忆录

〔美〕罗克珊·盖伊 著
邓迪 译

南海出版公司

新经典文化股份有限公司
www.readinglife.com
出　品

献给你，我的阳光

是你让我看到我不再需要什么

是你找到了抵达我内心温暖的那条路

第一章

1

每个身体都有自己的故事和历史。这里我所写下的，是一本关于我的身体和我的饥饿的回忆录。

2

我身体的故事不是一个励志故事。这不是一本减肥成功回忆录，封面上不会醒目地印着一个苗条版的我，整个身子滑进以前肥牛仔裤的一条裤腿里。这也不是一本鼓舞人心的书，对于该如何征服难以驾驭的身体和任性妄为的胃口，我毫无真知灼见。因此，我的故事和成功不沾边。我所写下的，只有真实。

我是多么希望，自己能写出一本成功减肥的书，分享我如何学会和自己的心魔更有效地相处。我希望能写本书，讲述不论身材如何，都能做到心态平和、全身心地爱自己。可是我却写下了这本书，这是我人生中至艰至难的写作经历，使我面对远远超出预期的巨大挑战。当我开始动笔时，我确信字句会像往常一样，从笔尖轻易涌出。还会有什么，比书写我已寄居了四十多年的身体更容易的呢？但很快我就意识到，我不仅仅是在写一本关于自己身体的回忆录，我是在强迫自己去审视我的身体都承受了些什么，我增长的体重，以及一边负重生活，一边努力去减轻它，这是多么艰难。我被迫去正视内心最不堪的秘密。我把自己彻底剖开。我把自己曝之于众。这一过程让我坐立不安。这并不容易。

我多么希望自己能拥有足够的力量和意志，为你们讲述一个春风得意的故事。我在寻找那种力量和意志。我下定决心去超越自己的身体——超越它所承受的一切和它已经成为的样子。可是，决心并没有让我走太远。

写下这本书，就是一场坦白。这里有最丑陋、最脆弱、最赤裸的我。这就是关于我的真相。这是一本（我的）身体回忆录，人们对于我这样的身体所经历的故事，大多漠然而不屑一顾，抑或报以冷嘲热讽。人们看到我这样的身体就会有自己的臆断，自以为知道背后缘由，但其实他们什么都不知道。我的故事虽无关胜利，却也需要被讲述，并且值得一听。

这本书讲述的是我的身体、我的饥饿，但归根结底，它讲述了消失和迷失，以及想要被看见、被理解的灼烈渴望。这本书讲述了我如何学着允许自己被看见、被理解，无论这个过程有多缓慢。

3

为了讲述我身体的故事，我要告诉你我最重时的体重吗？我要告诉你这个数字、告诉你它让我几欲窒息这个羞耻的真相吗？我要告诉你，我知道我不应该对自己身体的事实感到羞耻吗？或者，我干脆告诉你我的体重，然后屏住呼吸，等你评头论足一番？

我身高六英尺三英寸[①]，最重的时候达到五百七十七磅[②]。这是一个惊人的数字，连我自己都不敢相信，但它一度就是我身体的真相。我是在佛罗里达州韦斯顿市的克里夫兰医学中心得知这个数字的。我不知道我怎么会让身体如此失控，但事实如此。

我当时二十八九岁，在父亲的陪伴下去克利夫兰医学中心就诊。正值七月，佛罗里达炽热潮湿，草木葱郁。而医院里面却空气冰冷，弥漫着消毒剂的味道。昂贵的木地板，光

①约合 1.9 米。

②约合 261.72 公斤。

滑的大理石台，一切看起来都那么干净整洁。我告诉自己，我的暑假就要在这里度过了。

会议室里在进行胃旁路手术[①]介绍。除了我，里面还有七个人：两个胖男人，一个微胖的女人和她瘦瘦的丈夫，两个穿白大褂的人，以及一个大块头女人。环顾四周，我做了一件胖人遇见其他胖人时都会做的事——我给我们的体形从大到小排了个序：我比五个人胖，比其余两个瘦——至少我是这么认为的。我花了两百七十美元和大半天时间，听医生阐述将我的身体大刀阔斧改造一番来减肥的种种益处。这在医生看来是“唯一有效的针对肥胖症的疗法”。他们是医生，他们理应知道什么是最适合我的疗法。我想相信他们。

一位精神科医生给我们讲如何做术前准备，当我们的胃变成大拇指那么小时，又该如何调整饮食。他还谈到，我们生活中的那些“正常人”（他的原话，不是我的）兴许会来破坏我们的减肥计划——因为他们根深蒂固地认为我们就该是胖子——对此我们该如何去接受。通过医生的讲解，我们得知：余生，我们的身体会营养不良；我们在饮食半小时之

①一种用于治疗肥胖症的外科手术。手术会将胃分成上下两部分（上部较小，下部较大），然后截断小肠并重新排列，改变食物经过消化道的途径，降低吸收，最终达到减肥目的。

内绝不能再吃东西或喝水；我们的头发会变稀疏，或许脱落。此外，我们可能会患上倾倒综合征——从这个名字就不难想象得出这是怎样一种病。当然，还有手术的风险——我们可能死在手术台上，或者死于术后感染。

这是一个利弊参半的消息。弊端是，我们的生活和身体将再也回不到从前（即便我们通过了手术的考验）。好处是：我们终于能变瘦了。我们会在术后一年内减掉百分之七十五的多余体重，变得跟“正常人”差不多。

医生描绘的前景如此诱人，如此令人神往：我们睡上几个小时醒来后，一年之内，大部分烦恼就迎刃而解了。至少根据医院的描述是这样。当然，这还需要我们继续自欺欺人地相信，我们的身体就是我们人生的最大问题。

医生们介绍完毕后，是一个问答环节。我没有问题想问，也提供不了什么答案。而坐在我右边的女人不过超重了约四十磅，显然本没有必要出现在此，可她却主导着这个环节。她问了一些私密而个人的问题，每个都让我心碎。她盘问着大夫，而她的丈夫坐在她旁边，一脸得意。她去那里的原因呼之欲出——和他息息相关，和他怎么看待她的身体息息相关。没有比这更让我感到难过的了，我想。于是我决定不去想自己为什么也坐在那个房间里，不去想在我的生命里有许许多多的人，在看到我、考虑到我之前，先看到的永远是我的身体。

晚些时候，医生们播放了手术视频——在微型摄像机的记录下，手术器具在光滑的内腔里切割、推动、缝合、移除人体的重要部分。内部是水汽腾腾的红色、粉色和黄色。手术异常怪异，令人毛骨悚然。在我左边的父亲面如土色，因这残忍的展示而浑身发抖。“你看呢？”他轻声地问我。“这简直就是恐怖演出。”我说。他点点头。这是我们时隔多年第一次不谋而合。最后视频放完了，医生微笑着，语调轻快地说，手术过程很简单，全程都会使用腹腔镜。他安慰我们道，这个手术他已经做了三千多台了，只失败过一次——那次的患者是一个体重八百五十磅[①]的男人。他的声音滑至充满歉意的低语中，好像那个男人的身体带来的羞愧使他无法用尽全力说出口。接着，医生告诉我们幸福的价格——两万五千美元。如果预交手术定金，还会再减去两百七十美元的术前介绍费。

这场折磨结束前，还有一个跟医生在其私人检查室进行一对一咨询的环节。医生进来前，他的一个实习生助理记下了与我身体有关的重要信息。我被称重、测量、默默评价。

①约合 386 公斤。

实习生听了我的心跳，摸了摸我的咽喉腺体，又记下了一些信息。半小时后，医生终于脚步轻盈地走了进来。他来来回回打量了我一番，瞥了一眼我的新表格，快速翻阅浏览了一遍。“嗯，嗯，”他说，“你太适合做这个手术了。我们现在就给你预约。”说完他出去了。实习生给我开了一些我需要做的初步检查的单子，我走的时候，还拿了一封信，确认我已经参加过术前介绍。显然，他们天天都在做这些。我并不独特，并不特殊。我只是一具需要被修理的身体，而世界上还有千千万万的人，寄居在这般的人类躯体里。

父亲一直在设施齐全的中庭等我，他把一只手放在我的肩膀上。“你还没到这个地步，”他说，“稍多一点自我控制。每天锻炼两次。这就是你需要做的全部。”我使劲点了点头。但后来，当我一个人在卧室里仔细阅读我收到的小册子时，我无法将视线从“术前 / 术后”的对比照片上移开。我多么渴望——现在依然如此——变成术后的样子。

我记得自己的身体被称重、测量、评价后的结果，那是一个不可思议的数字：五百七十七磅。我以为自己这辈子已经知道羞耻为何物，但那天晚上，我才真正尝到了羞耻的滋味。我不知道自己能否找到一条路，越过那种耻辱，通往一个我能够直面我的身体、接受我的身体、改变我的身体的地方。

4

《饥饿》这本书，讲的不是当你超重一点点、甚至超重四十磅时生活在这个世界上的故事。这是一本关于当你超重三四百磅时生活在这个世界上的书。这时，根据身体质量指数，即 BMI 指数，你已经不是肥胖或病态肥胖，而是超级病态肥胖了。

BMI 这个术语听上去冰冷而毫无人性，我总渴望能对它置若罔闻。然而，正是这个术语，正是这种度量方法使医疗机构得以建立一种标准，以规范毫无节制的身体。

BMI 指数是用一个人的体重值（以千克为单位），除以其身高值（以米为单位）的平方所得出的数字。数学很难，我们有各种各样的方法来定义一个人身上可能存在多大程度的失控。如果你的 BMI 指数在 18.5 ~ 24.9 之间，属于“正常”；在 25 及以上属于超重；在 30 及以上就是肥胖。如果你的 BMI 指数高于 40，那你就是病态肥胖了。而如果你的 BMI 指数高于 50，那你属于超级病态肥胖。我的 BMI 指数高于 50。

事实上，许多医学命名都很随意。值得一提的是，1998 年，在美国国家心肺及血液研究所的指导下，医疗专业人士将“正常”身体的 BMI 值降低到了 25 以下，从而使美国的肥胖人数翻了一番。而他们降低分界点的原因之一只是：“25 这样的整数容易让人记住。”

这些术语本身就有些可怕。“肥胖”这个词来自拉丁语 obesus，意思是“吃到发胖”，这个意思从字面上看没什么问题。但当人们使用“肥胖”这个词时，他们不仅仅想表达字面上的意思，而是带有某种指责的气势。令人感到奇怪或许还有些伤感的是，医生们最早提出这一术语时，肩负着绝不伤害他人的使命。“病态”这一修饰词给肥胖的身体判了死刑，但事实并没有这么严重。而“病态肥胖”这个词把肥胖症人群塑造成了行尸走肉，因而医疗机构也就像对待行尸走肉一样对待我们。

从文化上来说，肥胖人士常常是指体形大于六号身材的人，或是拥有不符合男性审美身体的人，或是大腿上有脂肪团的女性。

我现在的体重不是五百七十七磅了。我仍然很胖，但轻了约一百五十磅。一个个节食计划让我这里瘦掉几磅，那里瘦掉几磅。这都是相对而言的。我不娇小。我永远也不会变得娇小。就我来说，我很高。我的身高既是一个诅咒，也是我仅存的优点。人们告诉我，我很显眼。我占空间。我给他们压迫感。可我不想占地方。我想不被注意。我想隐藏自己。我想消失，直到我能掌控自己的身体。

我不知道一切是如何失控的——或许我知道答案。这句话在我脑中循环往复。失去对身体的控制是日积月累的结果。那时，我选择通过吃来改变自己的身体。我是故意为之。一些男孩摧毁了我，我勉强幸存。我知道如果再遭受一次那样的侵犯，我无法幸存，因此我暴饮暴食，因为在我看来，如果我的身体让人反感，那我就能让男性远离我。即便年纪轻轻，我已经知道肥胖的女性被男性讨厌，为他们所不齿。至于男性的轻蔑态度，我所知甚多。大多数女孩接受的教育是——我们应该纤瘦而娇小。我们不应占地方。我们应该被看到而不是被听到，而当我们被看到时，应该让男性感到赏心悦目，并为社会所接纳。大多数女性都知道，我们应当消失，但这是一件需要一遍遍大声说出来的事情——这样我们才不会屈从于别人对我们的期望。

5

我应该告诉你们的是，我的人生被分成了两半，这两半的边界被劈得参差不齐。我的人生被分成了“以前”和“之后”。在我变胖以前。在我变胖之后。在我被强暴以前。在我被强暴之后。

6

在“以前”，我非常年轻，备受庇护且不谙世事。我不知道我会痛苦，也不知道痛苦会那般深切无边。我不知道，在遭遇侵犯时，我可以袒露心声。我不知道，应对痛苦应有更好的办法。我多么希望所有现在我已知的事情，当初的我也能知道。我多么希望以前的自己明白，我可以告诉我的父母，从而得到他们的帮助，我可以求助于食物以外的东西。我多么希望自己能知道，遭受侵犯不是我的错。

可是，我当时只知道吃这一种方法。我暴饮暴食，因为我想，这样我就能占据更大的空间。我就能变得更坚实，更强壮，也更安全。我从自己看到的他人凝视胖人的眼神里，也从我自己凝视胖人的眼神里明白，超重会遭人嫌弃。而我如果遭人嫌弃，就能远离更多伤害。至少，我希望我能让更多伤害远离我，因为在“之后”，我太了解伤害了。我太了解伤害了，却直到自己身陷其中，才真正明白一个女孩能承受多大的痛苦。

可是。这就是我做的。这个身体是我自己造就的。我身材臃肿—— 一团团棕色肥肉盘在我的胳膊、大腿和肚子上。这些肥肉最终无处可去，于是围着我的身体一圈圈地生长。我的身体被一条条肥胖的痕迹撕裂着，粗壮的大腿上也有成堆的脂肪团。脂肪创造了一个新的身体—— 一个让我觉得羞耻却也倍感安全的身体——我迫切地需要安全感，远胜其余的一切。我需要感觉自己像个堡垒，坚不可摧。我不想让任何东西或任何人碰我。

我对自己做了这一切。这是我的错，也是我的责任。我这样对自己说。尽管我不该独自为这个身体负责。

7

这就是生活在我身体里的现实：我被困在了一个笼子里。笼子令人沮丧，虽然你被困住了，但仍然可以清楚地看到自己想要的东西。你可以从笼子里伸出手，但只能伸这么远。

要我假装对自己的身体现状感到满意，是一件容易的事情。我真希望自己不会觉得，我应该为自己的身体道歉或者做出解释。我是一个女权主义者，我深信应该摒弃那些强迫女性遵从不切实际的理想的刻板审美标准。我认为，我们对美的定义应该更加广泛，应该把不同的体形都囊括在内。在我看来重要的是，女性在自己的身体里感到舒服，而且不想通过改变身体的任意一处来找寻这种舒服感。我（想要）相信，我作为一个人的价值并非寓于我的体形或外表中。我在一种对女性普遍有害、试图不断管教女性身体的文化中长大，因此我知道，抵抗不合理的身材标准真的很重要——不论是针对我的身体还是任何其他人的身体。

但是，我知道的和我感受到的却有天壤之别。

在我自己的身体里感到舒服，并非都与美丑的标准有关，也并非都与理想的审美标准有关，而是与我一天天在自己的皮肤与骨骼里是什么样的感觉息息相关。

我待在自己的身体里并不舒服。几乎每一件涉及体力的事情对我来说都很困难。当我走动时，我能感受到自己携带的每一磅多余体重。我缺乏耐力。我走很长一段时间后，大腿和小腿肚就会痛。我的脚会痛。后腰也会痛。我常常处于某种身体疼痛之中。每天早晨，我都非常僵硬，都得考虑要不要在床上度过一整天。我有一条脆弱的神经，如果我站得太久，右腿就会发麻，走路踉跄，慢慢才能恢复知觉。

天一热，我就会大汗淋漓。我能感到汗从头上往下流，我不停地擦去脸上的汗珠。涓涓汗流从我的双乳间涌出，也汇聚在脊椎底部。我的衬衫湿漉漉的，汗渍开始从衣服上渗出来。我感到人们好像都在看着我流汗，指责我这不守规矩的身体竟敢肆意出汗，竟敢袒露自己的劳累。

我有一些想做却因身体做不了的事。和朋友在一起时，我跟不上他们的步伐，所以我一直不停地想出种种借口来解释为什么我比他们走得慢，好像他们不知道原因似的。有时候，他们也装作不明白的样子，而有些时候，他们似乎真的没有注意到不同的身体是怎样挪动和占据空间的。因为他们会回头看着我，建议我去做一些我不太可能做成的事情，例如去游乐场，或者爬一英里山路去某个体育馆，或者徒步到一个可以远眺美景的地方。

我的身体是一个牢笼。我的身体是一个我自己造就的牢笼。我还在努力想办法摆脱它。二十多年来，我一直在试图这样做。

8

在描写我的身体时，也许我应该把这过盛的肉体当作一个犯罪现场来研究。我应该分析我的身体现状，以找到罪因所在。

可我不想把自己的身体视作一个犯罪现场。我不想认为我的身体存在某种需要被封锁调查的可怕问题。

当我知道自己是肇事者——或者至少是肇事者之一时，我的身体还是犯罪现场吗?

还是说，我应该把自己看作是那桩发生在我身体上的罪行的受害者呢?

过去发生的一切，以各种各样的方式，在我身上留下标记。我幸存下来，但这还不是故事的全部。多年来，我明白了幸存下来并认同“幸存者”标签的重要性，但我并不介意被贴上“受害者”的标签。我也不认为在被强暴后，说自己是“受害者”有什么好羞愧的。我变成了一个受害者，直到今天，尽管我还有很多其他身份，但我仍然是一个受害者。

我花了很长时间接受这一事实，但比起“幸存者”，我现在更认同“受害者”这个标签。我不想削弱事情的严重性。不想假装自己踏上了某种鼓舞人心的胜利之旅。不想假装一切都很好。我带着过去的一切前行，不曾忘记，不会假装自己毫无伤痕。

这本书是我的身体的回忆录。我的身体是破碎的。我是破碎的。我不知道如何把自己重装起来。我裂成了碎片。一部分已经死去。一部分沉默不语，并将沉默很多年。

我被挖空了。我决定填补那片空白，于是我用食物建起了一个严实的盾牌，守护所剩无几的我。我一直吃啊吃，我想只要我的体形变大，身体就会很安全。我把我心中那个曾经的小女孩埋葬了，因为她撞上了各种麻烦。我试图抹去有关她的所有记忆，但她还在，在某个地方。她还是那么小，惊恐而羞愧。也许通过写作，我在靠近她，试着告诉她她需要听到的一切。

9

我破碎了，为了麻痹自己，为了忘记破碎的痛苦，我不停地吃啊吃，这引起的后果已不是简单的超重或肥胖。在不到十年的时间里，我先是变得病态肥胖，然后变得超级病态肥胖。我受困于自己的身体—— 一具我亲手造就却无力辨别和理解的身体。我很悲惨，但很安全。或者至少，我能告诉自己，我很安全。

被强暴之后，我的记忆零散而残缺。但我清楚地记得自己不住地吃啊吃——这样我就会忘记一切，这样我的身体就能变得庞大，再也不会被打破。我记得当我孤独、悲伤，甚至开心时，吃东西会带给我安静的慰藉。

现在，我是一个胖女人。但我并不觉得自己丑。我不会像社会期许的那样憎恶自己，但我确实生活在这个世界上。我通过自己的身体生活在这个世界上，我憎恶这个世界时常对我的身体反应过度。从理智上，我知道有问题的不是我，而是这个世界——是它不愿接受和容纳我的样子。但我怀疑，在这种社会文化及人们对胖人的偏见发生改变之前，我更有可能先做出改变——为让人们接纳各种身体而“好好战斗”。此外，我还需要考虑自己当下的生活质量。

我在这个不受控制的身体里已经生活了二十多年。我试着同它讲和。我试着在一个只会蔑视它的世界里去爱它，或者至少去容忍它。我试着从迫使我创造了它的那次创伤中走出来。我试着去爱和被爱。在这个人们自认知道我、知道任何其他身体肥胖原因的世界上，我一直对自己的故事保持沉默。而现在，我选择不再沉默。我的故事将从自己还是一个无忧无虑的小女孩时讲起，那时她信任自己的身体，在自己的身体里感到安全。然后我会讲到这种安全感被摧毁的那个时刻，以及那件事带给我的、无论如何挣扎都无法消解的余波。

第二章

10

这是一张我的旧照片。照片里，表姐抱着我。那时我还是一个婴儿，周末刚完成洗礼，穿着一条长长的白色缎面裙子。照片是在纽约拍的，我们坐在一张覆着塑料罩子的长沙发上。表姐比我大一些，五六岁年纪。照片里，我不住地扭动，带着一种婴儿特有的无端恼怒，四肢定格在一个尴尬的角度。

我很感激，家里还能找到这么多我童年时期的照片，因为我以各种方式忘记的东西太多了。

对我生命中的很多很多年，我一点儿印象都没有。家人常常会说："记得那会儿……（插入重要的家庭时刻）"每当这时，我眼前一片空白，对这些时刻没有丝毫回忆。我们虽然共享同一个过去，却并未共享相同的记忆。从很多方面来看，这句话最能描述我和家人以及我生命中几乎每个人的关系。我们共享美妙的生活，但并不分担那些对我而言更加难熬的经历，对于那些艰难的时刻，他们所知甚少。我记得住的和记不住的事情并无规律和缘由可循。我也很难解释那些记忆为何会缺位，因为对于另外一些童年片段，我现在还记忆犹新，它们清晰得恍如昨日。

我的记忆力很好。即便是多年以前和朋友们的谈话，我也能几乎一字不差地记住内容。我记得自己四年级的老师头发银灰，也记得自己三年级时因为上课无聊读课外书而惹祸上身。我记得我叔叔婶婶在太子港[①]的婚礼，还记得我被一只蚊子叮咬后，膝盖肿成橙子那么大。我记得好的事情，也记得不好的事情。然而，必要时，我可以剥夺自己的记忆。当有必要删除记忆的时候，我就这么做过。

我有一些从父母家里拿来的相册，装满了我和两个弟弟小时候的发黄照片。虽然那是在数字时代来临之前，但我生命中的每一刻似乎都被拍下来了，每张照片都被洗了出来，并精心存了档。每本相册上都标有一个圆圈，里面写着一个大数字。其中许多相册里都有关于名字、年龄和地点的简短注释，就好像我母亲知道，这些记忆需因某个缘由被保存下来。她用坚忍的意志和她特有的优雅教养了我们姐弟三人。她在我们身上投入的爱是如此强烈，这种激情只会随着我们

---

①海地共和国首都，位于加勒比海北部。

年龄的增长而变得越来越势不可挡。当我还是个孩子时，她把这些相册按顺序排成整齐的一排。一本册子满了，她就去买新的，再把它装满。

母亲用心去填补我童年时的一些空白，即便她当时并没有意识到自己正在这么做。她记得所有的事情——要么她总会给人这种感觉，要么事实正是如此——直到我十三岁上了寄宿学校，那里再没有人为我保留记忆了。

母亲现在仍然拍照，什么都拍。她的 Flickr[①] 上有两万多张照片。她拍她自己的生活，拍我们的生活，拍我们生活中的人和地方。我博士论文答辩那天，她在现场，骄傲地注视着我，每隔几分钟就拿起相机拍一张新照片，尽可能地捕捉我答辩的每一秒。在另一次于纽约举办的我的小说阅读会上，她再次带着相机出现，记录下另一个难忘的时刻。

人们经常注意到，我会拍下每一个微小的事物。我告诉他们，这样我就不会、也无法忘记所有我见过和经历过的美妙事物。我没有进一步解释的是，我的人生跟以前大不相同，这些记忆对我来说格外珍贵。但还不止这些。我会以无

①雅虎旗下图片分享网站及手机应用。

数种方式感知到自己确实是母亲的女儿。

我婴儿时期的相册封面是白色的，上面点缀着闪光的小点点。“是个女孩！”几个字醒目地印在封面上。相册第一页写着我父母的名字，以及我的各项信息——出生日期、身高体重、头发和眼睛的颜色。这一页还印着我的两只黑色小脚印，上面写着“女孩盖伊”。我是早上七点四十八分出生的，我确信正因如此，我才不是一个能早起的人。“宝宝生活中令人兴奋的回忆”一栏下有很多空行，都被我的许多“第一次小小成就”填得满满当当。显然我两岁半就能识字母表，三岁就会看时间。我母亲骄傲地写下：“五岁时几乎什么都能读。”这是她的原话，字迹清晰可辨。不过根据家人的另一种说法，大约在那之前一年半左右，我就已经能和父亲一起读报纸了。

我的母亲记录下了我五岁以前的身高和体重。我有一个大脑袋，是三角形的，这在一对夫妻所生的第一个孩子身上常会出现。母亲说她花了好几个小时来捋圆我的头。一九七四年十月二十八日，我出生后的第十三天，那天的《奥马哈世界先驱报》上刊登了一则我的出生记录。这则剪报和我的出生证明原件，以及贴在我医院摇篮上的小卡片一起保存在这本相册里。那时，母亲二十五岁，父亲二十七岁，他们都如此年轻。但跟同时代的人相比，他们成家算是晚的。我出生证明上的名字没有拼错，只有一个n，这个出生证明是粉色的。当时还没有所谓的多元性别文化——女孩是粉色的，男孩是蓝色的。就是这样。

在我和母亲的第一张合照中，她抱着我，乌黑的头发扎成一条粗粗的马尾辫，浓密的发丝从她背上如瀑布般垂下。她看起来年轻漂亮，不可方物。照片里的我刚出生三天。这其实并不是我们两人的第一张合照，我母亲还有一张怀着我时拍的孕妇照。那时她挺着大肚子，自信地穿着一袭时髦的蓝色超短裙，踩着一双厚底高跟鞋，头发蓬松地披散在后背上。照片里她靠在一辆小车上，看着摄影师，也就是我的父亲，那眼神无限缱绻，让我想转过头去，给他们留一些私密空间。母亲是我所认识的最不愿袒露内心的人，可她却把这张照片放在相册里。她想让我看到这张美妙的照片，让我知道她和父亲一直深爱着彼此。

这些最老旧的照片在相册里放得太久，都粘在内页上了。如果把它们拿走，定会毁了它们。

当我还是个婴儿时，在我和父母的每一张合照里，他们都微笑着注视我，好像我是他们世界的中心。我曾经是。现在也是。这是真的，我自己清楚地知道——每一件我身上美好而强大的事情都始于我的父母，每一件都绝对如此。几乎在每一张小时候的照片里，我都笑得如此有感染力，每次我看到它们都忍俊不禁。世界上到处都是快乐的婴儿。我也曾经是一个快乐的婴儿。这一点无可争辩。

我最好的朋友说，婴儿很可爱，但他们很没用。他们没法为自己做太多事。你必须爱他们，即使他们很没用。在我的那些单人照片中，我全靠椅子扶手或几个枕头支撑着。在一张照片中，我独自坐在一张铺着一层厚锦缎的丑陋红沙发上，显然在大声狂叫。这样的照片不止一张。当你知道那些尖叫宝宝正是间或爆发出婴儿愤怒的快乐宝宝时，那些尖叫的照片就显得滑稽可笑了。我看着这些自己婴儿时期的照片，心想，*我长得像我的侄女*。事实是我的侄女长得像我。无论如何，家庭基因就是这么强大。我们总是被紧密联结在一起——通过我们的眼睛、嘴唇、血液以及血肉凝成的心。在我三岁的时候，弟弟乔尔出生了。相册里有他的照片——他棕色皮肤，体形溜圆，满头乌发，在我旁边或坐或站。

成年之后，我曾无数次地翻阅这些相册。我一直在努力去回忆。起初，我寻找一些能给我自己孩子看的照片，可以告诉她：“你就是从这里来的。”这样，如果我有了那个孩子，她或许就会知道，她的家人懂得如何去爱，无论这份爱多么不完美；她或许就会知道，她的母亲一直被爱着，她自己也将永远被爱着。向孩子表达多种形式的爱是很重要的，这是我必须为她做的一件美妙的事情，不管这个孩子是如何进入我的生活的。我也研究那些照片，研究照片里面的人；我回忆那些名字、那些地方以及那些重要时刻，但其中很多我都忘记了。我试着拼凑起那些已被我小心翼翼抹去的记忆。我想要弄清楚，自己如何从这些完美镜头里的孩子，变成了今天这样的我。

我其实心里知道答案，抑或我并非真的知道。我知道答案，但我想，我真正想要弄明白的是，为什么当时和现在之间会有这么大的距离。个中原因很复杂，令人捉摸不透。我想把原因握在手里，解剖它，撕碎它，将它烧成灰烬，然后在灰烬里找寻。尽管我也担心自己在那灰烬里看到什么之后，会做些可怕的事情。我不知道能否找到原因，但当我一个人时，我就会像着了魔似的坐在那里，慢慢翻看这些相册。我想知道那里有什么，缺失了什么，发生过什么，哪怕我仍不知道背后的原因。

还有一张我的照片。照片里我五岁，眼睛很大，脖子干瘦。我趴在沙发上，两脚交叉，盯着一台塑料打字机——很可能正在做白日梦。我常常沉浸在白日梦中。即便在那会儿，我就已经是一名作家了。年幼时，我就开始在餐巾纸上画一座座小村庄，写一些那里的人的故事。我喜欢描写那些故事时，想象与我不同的生活时，从现实中解脱出来的感觉。我的想象力非常丰富。我是一个做白日梦的人，我讨厌被人从白日梦中拽出来，面对现实生活的种种。在我的故事里，我可以为自己虚构一些我没有的朋友。我可以使许多自己不敢想象的事情成为可能。我可以是勇敢的。我可以是聪明的。我可以是有趣的。我可以变成自己想要成为的一切。当我写作时，我感觉到快乐是如此简单。

还有一张我七岁时拍的照片。照片中，我穿着连体工装裤，显得喜气洋洋。我小时候经常穿连体工装裤。我喜欢它们的原因有很多，最主要的原因是它们有很多口袋，我可以把东西藏起来，而且这种衣服很复杂，上面有很多纽扣和需要系带的地方。它们让我感到安全且舒适。在那个时期，大概每三到四张我的照片里，就有一张是我穿着工装裤拍的。这很奇怪，但我就是个奇怪的人。在一张特别的照片里，我和弟弟乔尔在一起，他摆出空手道的动作踢我，而我试图躲开他的小脚。他从过去到现在都精力充沛。我们相差三岁，玩得很开心。现在我们之间还非常亲密。我们当时都很可爱。看到自己身上那种纯粹的快乐，我感到很难过。我愿意付出几乎一切来重新换取那样的自由。

在我八岁时，二弟小迈克尔出生了。之后，在所有合照中，我们三个人都会一起出现。我们经常挤在一起，或是手牵手盯着镜头。

我写得很多，但更经常沉浸在书本里。我能找到什么书，就看什么书。我最喜欢的书是《草原上的小木屋》[①]系列。我喜欢罗兰·英格斯，一个来自平原的普通女孩，在一个与我完全不同的时代过着平凡而又不凡的生活。我喜欢书中的所有细节——爸爸把美味的橙子带回家，用枫糖浆在雪地里做糖果；英格斯姐妹之间的深厚情谊；罗兰被戏称为“小个子”。当读到英格斯家的女孩们长大后的情节时，我喜欢罗兰与内莉·奥尔森的竞争，喜欢她与阿尔曼佐·怀德的恋爱，后者最终成了她的丈夫。当读到他们作为庄稼人结婚的头几年，忍受着务农和养育女儿罗斯的种种考验时，我不禁屏息凝神。我想要那种属于自己的，稳定的、真正的爱。我想要一种关系，在其中我既是独立的，又能

---

①美国作家罗兰·英格斯·怀德撰写的一系列儿童小说，基于她1870年至1894年在美国中西部度过的童年和青少年生活。小说讲述了罗兰一家离开威斯康星大森林，坐着篷车迁徙到堪萨斯大草原的经过。系列小说第一本首次出版于1932年，其后多次改编成影视作品。

得到爱与照顾。

当读完《草原上的小木屋》后，我又读了朱迪·布鲁姆[①]的所有作品。我主要是从她的小说《永远……》中了解性的。多年来，我一直以为所有的男人都管他们的阴茎叫“拉尔夫”。我读过一些讲述爱冒险的女孩在加利福尼亚淘金的书，她们经历了马车旅行的考验和磨难，最终活了下来。杰西卡和伊丽莎白·韦克菲尔德为爱而战的故事令我着迷，她们生活在田园牧歌式的加州甜谷小镇上。我读了《爱拉与穴熊族》[②]，了解到性可能比凯瑟琳和迈克尔在《永远……》中生涩笨拙的乱摸有趣得多。我读啊读啊读。我的想象力无限膨胀。

我穿着长裙和短裙的照片多到数不胜数。照片中的我是一个娇俏的小姑娘，盘着长发，戴着珠宝，做着漂亮公主会做的所有事情。这之前我一直以为自己是个假小子，因为我是家里唯一的女孩。有时人们会试图说服自己去相信那些不真实的事情——重构过去以更好地解释现在。但是当我看到这些照片时，我很确信，即使我很喜欢粗野打

①美国作家，擅长描写儿童和青少年。后文提到的《永远……》首次出版于1975年，讲述青少年的情爱故事。

②美国作家琼·奥尔撰写的《石器时代传说》系列小说的第一部，首次出版于1980年，讲述被蛮荒家族穴熊族收养的人类孤儿爱拉的成长故事。

闹，也常和弟弟们在泥地里打滚，但我并不是一个彻头彻尾的假小子。

我和弟弟们一起玩动画片《特种部队》中的人偶玩具，在家旁边的空地上搭筑堡垒，在社区尽头的树林里狂欢。大多数时候，除了我在书里找到的朋友外，我的两个弟弟就是我最好的朋友。我们三个相处得很好，除了争吵的时候——是的，我们也会争吵，尤其是我和乔尔。我们会为所有大事小事争吵，然后又和好，一起闯祸。迈克尔宝宝比我们俩小得多，他通常十分乐意成为我们俩恶作剧的同伙。当他不是我们的同伙时，他就成了我们实施小小暴行的对象，我们把他放在洗衣篮里送下地下室的楼梯，或者用一只塑料蜘蛛折磨他，最过分时，我们会无视他想和我们一起玩耍的哀号。不知怎的，即使经历了种种折磨，他却很崇拜我们，我和乔尔也喜洋洋地享受这份崇拜的荣光。

这些来自我童年相册里的照片是一件件工艺品，记录了那个快乐又完整的我。它们是那个漂亮又甜美的我曾经存在的铁证。现在你能看到的我的内心深处仍然住着一个漂亮女孩，喜欢所有漂亮女孩会喜欢的东西。

在这些照片中，我长大了，笑容渐少。我还是很漂亮。十二岁时，我不再穿裙子，很少戴首饰，也不再在自己的头发上花心思——仅在脑后挽成一个小圆髻或马尾辫。我还是很漂亮。几年后，我便剪短一头秀发，穿超大号男装，变得不那么漂亮了。在后来的照片中，我盯着镜头，目光空洞，内里中空。

11

我不知道如何在涉及自身的故事里谈论强奸和性暴力。也许这样说更容易："可怕的事情发生了。"

可怕的事情发生了。它摧毁了我。我希望我能就此收笔。但这是我身体的回忆录，所以我必须告诉你，在我的身体上究竟发生了什么。我当时年幼，觉得自己的身体理应是这副模样，但是当我知晓可能发生在一个女孩身体上的可怕事情后，一切都变了。

可怕的事情发生了。我希望我能就此收笔。我是一个作家，但同时也是一个女人，我不想被发生在自己身上的最糟糕的那件事所定义。我不希望自己的人格以这种方式被消费。我不希望我的作品被这件可怕的事情消费或定义。

同时，我不想沉默。我不能沉默。我不想假装自己身上从没发生过可怕的事。我不想长年独自背负着所有秘密。我再也不能这样做了。

如果必须分享我的故事，我想用自己的方式进行，不被势必随之而来的关注所裹挟。我不需要同情、欣赏或劝告。我不勇敢也不英勇。我不强壮。我不特别。我只是一个普通的女人——一个跟无数女人有着相同经历的女人。我是一个幸存的受害者。情况也可能变得更糟，糟糕透顶。重要甚至更扭曲的是，这样的故事极其普遍。我希望通过分享我的故事，与同样分享自己故事的男女共同发声，让更多人震慑于性暴力所带来的痛苦之深、影响之远。

我经常写下自己经历的一切。因为这比回到那一天，重新经历之前和之后的一切要容易得多；这比面对自我，面对明知一切仍自我谴责的内心要容易得多。即使是现在，我不仅为自己所经历的事情感到内疚，也更为我之后的处理方式感到内疚——我沉默，我暴饮暴食，我亲手造就了现在的身体。我写下自己经历的一切。因为我不想陷入自我辩护中。我不想被迫承受这种曝光的恐惧。这会让我成为一个怯懦、胆小且软弱的人。

我写下自己经历的一切。因为我不想让家人的脑海里出现这些可怕的画面。我不想让他们知道我经受了什么，并为此隐瞒超过二十五年。我不希望我的爱人看着我时，只看见我被侵犯的那一刻。我不想让他们觉得我比原本的自己更脆弱。我比破碎的自己更强大。我不希望他们或任何人看到我时，脑中眼中只有最糟糕的那段经历。我想保护我爱的人。我想保护我自己。我的故事是我自己的，大多时候我希望我能把它埋葬，深藏在某个我也许能摆脱它的地方。但是。三十年过去了，令人费解的是，我仍然无法摆脱它。

我写了太多次我的故事，但仍然在写。我分享的这部分故事，变成了某种更大事情的一部分，变成了有着同样痛苦经历的人们集体证词的一部分。这是我的选择。

我们不一定知道该如何倾听与任何一种暴力有关的故事，因为人们很难接受“暴力有多简单就有多复杂”：你可能爱上伤害你的人，你可能会被身边人伤害，你可能会被爱你的人伤害，你可能会被陌生人伤害，你可能会以太多可怕而亲密的方式受到伤害。

我也分享自己如何处理个人的故事，因为我深信分享遭受暴力的过往很重要。我不愿与人分享我自己遭受暴力的过往，但这段过往对我影响巨大——我是谁，我写什么，我怎么写——都与此相关。它影响了我在世界上生存的方式。它影响了我爱别人和接受别人的爱的方式。它影响了我的一切。

使用“攻击”“侵犯”或“事故”等客观词语来描述这件事轻而易举，但事实却沉重百倍——我在十二岁时，曾被一个我当时爱着的男孩和他的一群朋友轮奸了。

我在十二岁时，被强奸了。

被强奸一事已经过去那么多年了，我告诉自己，那些事情“留在了过去”。可这并不全对。这段过去在诸多方面始终如影相随。这段过去烙在我的身体上。我每天都背负着它。这段过去有时似乎会杀死我。这段过去是一个非常沉重的负担。

我遭遇的暴力事件，关乎一个男孩。我爱过他。他叫克里斯托弗。你应该明白，那不是他的真名。在一个废弃的林中小木屋里，我被克里斯托弗和他的几个朋友强奸了。除了那些男孩，没人能听到我的尖叫。

但在那之前，克里斯托弗和我是朋友，至少是表面上的朋友。在学校他不理我，但放学后我们会一起出去玩。我们会做任何他想做的事。我们在一起的时间里，他总是掌控者。事实上，他对我很不好，但我那时觉得应该感谢他愿意费心思那么对待我，感谢他费心思跟我这样的女孩在一起。十二岁时，我没有理由如此自卑。我没有理由让自己受到虐待。然而这一切还是发生了。这个啃噬我的事实让我至今仍挣脱乏力。

那天，我和克里斯托弗正在树林里骑自行车，突然他停在一间小木屋旁。那里看上去令人反感，是不良少年聚集的荒僻之地。他的朋友们已经在那里等着了。我们走进小木屋，克里斯托弗跟他们吹嘘我和他做过的私密事情。我感到非常尴尬，作为一个虔诚的天主教教徒，我对我们俩之前所做的本不该做的事情原本就已深感愧疚。

我很困惑，不明白为什么他会把我从未告诉任何人的事告诉他的朋友。这些事在我眼里是我们俩的秘密，是他爱我或者至少让我留在他身边的理由。克里斯托弗的话令他的朋友们感到兴奋，他们太兴奋了，脸涨得通红，笑声沙哑。当他们在我周围说话时，我感到自己变得越来越小。即使我无法弄清这股奇异的涌动暗流究竟意味着什么，我还是本能地感到害怕。

当我意识到自己不安全的时候，我试图往外跑，但是没有用。我救不了自己。

当着那些大笑的朋友的面，克里斯托弗把我推倒，那么多比我高大的身体将我围住。我好害怕，好尴尬，好困惑。我很伤心，因为我爱他。我以为他也爱我，但就在那一瞬间，我被摊开在他的朋友面前。对他们而言，我不是一个女孩。我是一件物品——一个女性样子的玩物——任凭他们寻欢作乐。当克里斯托弗压在我身上时，他没有脱掉衣服。这个细节一直留在我的记忆中：他对他将要对我做的事情毫不在意。他只是拉开牛仔裤的拉链，跪在我的两腿之间，把自己猛塞进我的身体里。其他那些男孩低头盯着我，色眯眯地看着我，怂恿克里斯托弗。我闭上眼睛。我不想看到他们。我不想接受正在发生的事情。作为一个虔诚保守的天主教女孩，我很难理解正在发生什么。但我能感受到痛苦，它尖锐而直接。这种痛苦无法避免，当我想把它丢给那些男孩，以藏身于某个安全之所时，这种痛苦将我禁锢在这具躯体里。

我哀求克里斯托弗住手。我告诉他，只要他能让这一切停止，我愿意做他想做的任何事情。但他没有停止。他没有看我。克里斯托弗在我身上待了很长时间，至少感觉很长，因为我不想让他进入我的身体。但我想要什么并不重要。

克里斯托弗起来后，和那个按着我胳膊的男孩互换了位置。我挣扎了一番，但我的挣扎除了让他们哂笑外，没有起到任何作用。那个男孩把我按在身下，他的嘴唇发亮，一股啤酒的气息扑面而来。直到今天，我仍然无法忍受别人口中啤酒的味道。我想，在这些男孩的重压下，我会垮掉的。

我已经很痛了。克里斯托弗拒绝看我。他只是抓住我的手腕，朝我脸上啐了一口唾沫。我当时告诉自己，现在仍这么想：他只是想向他的朋友们炫耀。我告诉自己他并不是故意的。他笑了。那些男孩一一强奸了我。他们想看看我能承受的极限在哪里。我是一个被滥用的玩具。最终，我停止了尖叫，停止了挪动，停止了挣扎。我停止了祈祷，不再相信上帝会来拯救我。但我受的伤害没有停止。疼痛是持续的。他们休息了一会儿。我缩成一团，浑身发抖。我动弹不了。我不敢相信发生了什么事。在我写下我的故事时，我依然完全不能理解它。

我不记得他们的名字了。除了克里斯托弗，我不记得其他人有什么特别的细节。他们还不是成年男人，但已经知道了成年男人伤害别人的方式。我记得他们的气味，他们方正的脸，他们身体的重量，他们咸腥的汗味，他们四肢令人惊愕的力量。我记得他们很开心，他们哈哈大笑。我记得他们对我除了鄙视，什么也没有。

他们对我做了我从来没能说出口，也永远说不出口的事。我不知道怎么诉说。我不想找到那些词。我有过遭受暴力的过往，但对这段过往的公开记录将永远是不完整的。

当一切结束后，我推着我的自行车回了家，假装是那个父母认识的女儿，是好女孩，是全优学生。我不知道我是怎么掩饰发生的事的，但我知道如何做一个好女孩，我想那一晚，这部分我演得特别好。

后来，那些男孩把那天发生的事告诉了学校里的每个人，或者更确切地说，他们讲述了这个故事的另一个版本——让我在接下来的学年里都变成了“荡妇”。我立刻意识到，我自己的版本再也不重要了，因此，我对发生过的事情守口如瓶，并试图去接受这个他们给我的新称谓。

“他说 / 她说”是那么多受害者（或者幸存者，如果你更倾向于这个术语）不站出来的原因。很多时候，“他说”更重要，所以我们就吞咽下事实。我们吞下它之后，真相往往就会变质。它像传染病一样在体内传播。它变成了抑郁、上瘾、痴迷或者其他的身体异状——对自己本会说、该说却不能说的东西保持沉默。

随着时间流逝，我越来越恨自己。越来越厌恶自己。我无法摆脱他。我无法摆脱那些男孩的所作所为。我能闻到他们，能感觉到他们的嘴、舌头、手、粗糙的身体和残忍的皮肤。我不停地听到他们对我说的那些可怕的话。他们的声音一直伴随着我。仇恨自己变得像呼吸一样自然。

那些男孩视我毫无价值，所以我也变得毫无价值。

12

我的故事分为“之前”和“之后”。在“之后”，我是残损的、破碎的、沉默的。我是麻木的。我是恐惧的。我背负着这个秘密，心里明白，那些男孩对我做的事必须成为秘密。我无法跟别人讲述这种羞愧与耻辱。我很恶心，因为我让别人对我做了恶心的事。我不是一个女孩。我没有人性。我不再是一个好女孩，我要下地狱了。

我十二岁，突然，我不再是个孩子了。我失去了自由、快乐和安全感。我变得越来越孤僻。如果说我还能保留一丝体面，那是因为父亲的工作让我们一直不停搬家。在我被强奸后的那个夏天，我们搬到了另一个州，我可以重新拥有自己本来的名字，没有人知道我就是树林里的那个女孩。我仍然没有朋友，也没有试着去交朋友，毕竟，我们怎么可能会有共同之处呢？我不敢把自己的遭遇告诉周围的孩子们。我完全沉迷在书中。我在校车上看书时，同学会取笑我。有时，他们从我手里抢过书，扔来扔去，而我则徒劳地试图把书夺回。我读书时，会忘记一切。阅读让八年级的我脱离了死守秘密的孤独自我，让我可以置身于世界上的任何地方。我经常说，阅读和写作拯救了我的生命。这是真的。

在家里，我努力成为父母心目中的好女孩，但这让我疲惫。在很多场合，我想告诉他们有些事情不对劲，想告诉他们我的内心正在死去，但我找不到合适的措辞。他们会怎么说、怎么做、怎么看待我？——这潜在的恐惧令我无力言说。我沉默的时间越长，这种恐惧就越强烈，直至最后它压倒了一切。

我不能让父母看到我成了怎样的人、是什么模样——他们会对我感到恶心，他们会对我弃如敝屣。最终，我会毫无价值，我会一无所有。我的生活中没有真相的容身之处。

其实我错了。现在我知道，父母本会支持我、帮助我，为我伸张正义。他们本会告诉我，这种耻辱不该由我去承受。不幸的是，木已成舟。我无法告诉那个独自担惊受怕的十二岁女孩，她被多么深、多么无条件地爱着——啊！我多么想那样做。我多么想安慰她。我多么想将她从之后会发生的事情中拯救出来。

我扮演着好女孩、好女儿、好学生的角色。我没有信仰了，却还是会去教堂。内疚将我吞噬。我不再相信上帝，因为如果上帝真的存在，他一定会将我从克里斯托弗和树林里那些男孩的手中救出来。我不再相信上帝，因为我犯了罪。我以一种直到发生时我才知道其存在的方式犯了罪。驶离我生命中如此重要的一切——我的家庭、我的信仰、我自己——让我感到孤独和恐惧。

我独自保守自己的秘密，假装是另外一种女孩。为了活下去，我努力去遗忘发生了什么。那些男孩、他们呼出的臭味，以及他们夺去了我身体的手，彻彻底底杀死了我。

13

在这件可怕的事情发生之前，我已经开始失去自己的身体了。我太年轻，与一个知道太多、索求太多的男孩处于一种可悲的虚假关系中。我索求的也很多，但他和我想要的是完全不同的东西。克里斯托弗想利用我。而我想让他爱我。我需要他来填补心中的孤独，来缓解我作为边缘女孩试图融入时承受的尴尬和痛苦。当我遇到他时，我们刚搬到那一片儿。

我曾经有过（现在依然有？）某种空虚感——感到有一个孤独的巨穴盘踞在我内心深处——而我试图用自己的一生去填补它。我愿意做任何事情，只要那个男孩能减轻我的孤独。我想感知到我和他属于彼此，但每次我们在一起以及那之后，我的感觉都完全相反。尽管如此，我还是被他吸引住了。

当时我一度，并且也将持续多年痴迷于《甜蜜高谷》[①] 系

① 由美国作家弗朗辛·帕斯卡统筹一组作家撰写的系列青春小说，讲述了双胞胎杰西卡和伊丽莎白的高校生活。该系列始于 1983 年，二十年间出版 181 本书，多次被影视化。

列。我如饥似渴地阅读这些书，因为我一点儿也不像伊丽莎白和杰西卡·韦克菲尔德，甚至也不像伊妮德·罗林斯。我永远不会和托德·威尔金斯这样英俊帅气的篮球队队长约会，也不会和布鲁斯·帕特曼这样英俊富有的甜蜜高谷坏男孩约会。然而，读这些书时，我可以假装以为，另一种更好的生活对我来说是可能的。在这种生活里，我在某一处或任一处都能够如鱼得水，我有很多朋友，有一个英俊的男朋友和一个充满爱的家庭，他们了解我的一切。在这种更好的生活中，我能假装自己是一个好女孩。

这个男孩，克里斯托弗，那么英俊，那么受欢迎，在我居住的那片精心修剪的郊外住宅区里，他是属于我的甜蜜高谷男孩。当然，没有人会知道这一点，因为他从来没有在学校承认过我，我心知肚明，但我告诉自己这就够了。在之后的许多许多年里，我一直告诉自己，对于恋人来说，最微乎其微的承认已经足够了。

我们经常在他的卧室里玩，翻看他哥哥那些翻烂了的《花花公子》和《好色客》杂志。我研究了这些裸体女性，她们大多是年轻的白人女孩，金发、纤瘦、肌肉紧致。她们的身体看起来很陌生，并不真实。我知道，看这些女人的放荡裸体是不对的，但我无法将目光移开。

显然他觉得这些女人令人亢奋、性感迷人，即便那时，我也知道我一点儿都不像她们。我并不真的想成为那样的女人，但我想让他也渴望我，想让他用看杂志那样的目光看我。他从来没有这样做过，他以他的方式惩罚我，只因我不是也不可能变成那样的女人。他惩罚我，只因我太年轻，太天真，太爱他，太随和。

即使在他和他的朋友们强奸我之前，我对他来说也不过是一件物品。他想尝试新事物，而我异常温顺。我不知道怎么说不。我从没想过要拒绝。这就是我必须付出的代价，我告诉自己，为了被他爱，或者诚实地说，为了让他容忍我。一个像我这样的姑娘——温顺、天真、无用，拼命想得到他的关注——也不敢再奢望什么了。我心里很清楚。

我无法详述他在我破碎前对我做过的事情。太过分了，太丢人了。我们每犯一次新的错误，我就会更多地失去一部分自己的身体，离自己说出“不”的那一天也就更远一些。我越来越不像以前那个好女孩了。我不再看镜子里的自己——当我照镜子时，除了内疚和羞愧，我什么也感觉不到。

在树林里那可怕的一天，我终于说出了“不”。可那无足轻重。这是最令我心寒的。我的“不”无足轻重。我多希望从那以后，我不再和克里斯托弗说话，但事实是我说了。

这也许是最让我感到羞耻的。在他对我做了这一切之后，我回去了，允许他继续利用我，一直到几个月后我们全家搬离那里。我允许他继续利用我的身体，因为我不知道除此之外，我还能做什么。或许我任他利用我，只是因为在树林里的那件事情之后，我觉得自己一无是处。我深信自己不配得到更好的待遇。

从此，我被烙下印记。男人们可以从我身上嗅到那印记，嗅出我已失去了自己的身体。他们可以利用我的身体，而我绝不会说“不”，因为我知道我的“不”无足轻重。他们从我身上嗅到了那印记，抓住每一次机会占尽便宜。

14

我不知道我为什么会求助于食物。又或许我知道。我感到孤独、恐惧，而食物能带给我即刻的满足。当我需要安慰又不知如何向爱我的人求助时，食物给了我安慰。食物很美味，让我感觉好了一些。食物是我唯一能抓到的救命稻草。

在开始变胖之前，我对食物持有一种健康的态度。我母亲并不是那种热衷烹饪的女人，但她对家庭怀有强烈的爱意。在我的整个童年时期，她一直都在为我们准备精心烹制的健康菜肴，供我们坐在餐桌旁一起享用。我们从来不会坐在电视机前或站在厨房的台子前，匆匆忙忙地吃晚餐。我们这些小孩会热切地谈论最近在学校里做的项目——一架用轻木制作的吊桥，或是一座苏打水模拟的火山。我们还分享自己在学校取得的小小成就，譬如一张符合父母期许的优秀成绩单，或是自己在足球比赛中的一记漂亮进球。为了谁来洗碗这个问题，我和弟弟们通常会一直吵到饭后。我的父母是海地移民，他们谈论着我们的美国邻居，或者我父亲最新的建筑项目，对这些事情我们都似懂非懂。我们讨论世界上正在发生的事情。我们讨论自己想要什么。我理所应当地觉得，所有的家庭都是这样的：一家人聚在一起，凝成一座岛屿；而餐桌就像太阳，我们绕着它旋转往复。

母亲为我们做的食物很可口，但比起我们为彼此相互倾注的深厚情感，食物只能退居其次。父母总是让我和弟弟们看上去非常有趣，即使面对我们孩子气的想法，他们也会问一些深刻的问题，促使我们成为最好的自己。如果我们被人轻视，他们也会因此感到备受冒犯。当我们取得哪怕只是一点点荣耀时，他们也会陶醉其中。夜晚入睡前，每每想到我和我的家人互相属于彼此，我常欢喜得双颊泛红。

即使我变得越来越孤僻，我的家庭依然强大，我们以各种剪不断的亲密方式联系在一起。我毫不怀疑父母也关注到了我的变化。在接下来的二十年乃至更长时间里，他们一直在关注我，替我担心。但是他们不知道如何跟我交流，因为我没有对他们敞开心扉。在他们尝试沟通时，我躲开了，拒绝接受他们抛过来的救生索。我保守秘密的时间越长，就越喜欢把真相藏在心里，也就越能滋长沉默。

15

做一个海地裔美国人、一个海地人的女儿，这是我所知道的行走世间的唯一方式。海地人的女儿是好女孩——恭敬、好学、勤奋，永远不会忘记传承的重要性。我和弟弟们经常被教导，我们来自西半球第一个获得自由的黑人国家。不管我们曾跌至多深，在最重要的时刻，我们站起来了。

海地人喜欢产自本土海岛的食物，但他们对暴饮暴食颇有微词。我想这大概是因为贫穷——这也是海地最常被提及也最具偏见性的标签。在一个海地家庭中，当你超重时，你的身体会成为家庭问题。每个人——兄弟姐妹、父母、姑姑姨妈、伯叔舅舅、祖母——都有自己的意见、评价或忠告。他们心怀好意。我们爱得深切，而这种爱让人无法逃避。从我十三岁起，我的家人就开始过分关注我的身体。

母亲待在家里照顾我和弟弟们，她没有教过我做饭，我也没有兴趣去学。我只是喜欢从厨房外看她在那里为我们烹制菜肴，她的高效总是让我印象深刻。她集中精力时会皱起眉头。她可以一边做饭一边交谈，但当有什么事需要她注意时，她就会让大家安静下来，霎时仿佛整个世界都从她身边消失了。她不喜欢别人进入厨房，也不需要帮助。她总是戴着乳胶手套，像个医生一样——“为了避免污染。”她说。我们都知道，她在清洗肉类、水果或蔬菜时，会在水中滴一滴高乐氏消毒剂。盘子、砧板或碗一旦用完，她就会立马清洗。要不是闻到煤气炉里飘出的香味，你永远不会知道我的母亲正在做饭。

在我的整个童年时期，母亲总是把各种各样的食物组合在一起——今晚做贝蒂·克罗克食谱或《烹饪的乐趣》中的美国菜，明晚做海地菜。我记得我最喜欢的几道都是海地菜——豆类、炒大蕉、红米饭、黑米饭；还有一种叫griyo[①]的菜，以及另一种在血橙里浸泡后、撒上青葱一起烘烤的猪肉；海地通心粉和奶酪——所有东西都配有酱汁（一种用番茄做的调味汁，加了百里香、辣椒和洋葱）以及辛辣的腌菜，所有这些菜都是从零做起的。母亲就是这样表达她对家人的爱的。

母亲不相信加工食品或快餐，所以很多人习以为常的食

①一种油炸猪肘，属于海地特色菜。

物——冷冻快餐、柏亚迪厨师牌罐头面或卡夫苹果奶酪——我都从没吃过。她走在时代的前面。她的立场激怒了我和弟弟们，因为我们的美国朋友都会吃一些神奇的食物，比如含糖的早餐麦片，以及奇多、趣多多和小黛比牌的各种零食。“水果就是零食。”母亲会这样告诉我们。那时我还发誓，长大后要用装满 M&M 巧克力豆的透明玻璃碗装饰我的家，这把母亲逗笑了。

我们渐渐长大，母亲管得也日渐宽松。当我最小的弟弟出生时，垃圾食品已经攻破了我家的防线——尽管是以典型的我父母的方式，适度节制地进入我们的生活。

16

十三岁时，我去了寄宿学校。童年时，因为父亲的工作，我们经常搬家。他是一个出色的土木工程师，负责修建地下通道——科罗拉多州的艾森豪威尔隧道，纽约和华盛顿的地铁线路，以及波士顿的某个排水工程。每逢我和弟弟们去工地看望他时，他就会把安全帽紧紧戴在我们头上，带我们到幽深黑暗的地底，展示他是如何一步步改变世界的。

父亲公司的总部设在奥马哈，但每当他的辖区内有新项目时，他就会被派去新项目所在地区——伊利诺伊州、科罗拉多州、新泽西州、弗吉尼亚州——我们也会跟去一两年，最后回到奥马哈。我四处寻找合适的寄宿学校——为了能让自己在同一所学校里上完四年高中。那时我还迷上了艾米丽·蔡斯的《坎比霍尔的女孩》系列图书。我想我会像来自艾奥瓦州的雪莱·海德一样，虽然像一条离水之鱼，但仍与新室友建立起终生的友谊。那座典型的新英格兰式校园见证了她们一起经历的青春活力的冒险。

可那之后，我被强奸了，我不得不假装成一个不是自己的人，我别无所求，只想逃跑。可以肯定的是，上寄宿学校是中产和上流社会的女孩逃避现实的方式。如果我离开家去上高中，就不必假装是一个对世界一无所知的好女孩。我可以做那个已经成为的、毫无价值的自己，而不需要任何自我解释。我可以继续绝望地紧紧抓住我的秘密、我的内疚和我的羞愧。

因为我是如此害羞和孤僻，因为我整个童年都在搬家，所以我唯一要离开的人只有我的家人。我没有任何可以想念的朋友。我没有一所多年来心心念念的当地高中。我甚至不知道如果父亲再被外调，等我九年级时我们会住在哪里。我当时只有十三岁，但做出离开家的决定却出奇地容易。

在高中前的那一年，我不知道父母是否察觉到了我的什么变化。自从我们搬了家，我再也不用去一所人人都叫我“荡妇”的学校了。不过，取而代之的是新的折磨、新的欺凌，甚至催生出更多动机让我想跑、跑、跑——离我自己越远越好。我申请了好几所寄宿学校，都被录取了。其中就有男女同校的劳伦斯维尔学校，我作为第一批女生中的一员被录取了。但一想到学校里有这么多男生，我就受不了。最终我去了埃克塞特，因为我的表姐克劳丁刚从那里毕业，她看上去很不错，学校看上去也很好，而且我父母喜欢这所学校的声望。小小年纪，我就理所当然地觉得，即便称不上全世界，我至少会进入美国最顶尖、最昂贵的高中。重要的是我能够逃走。

在寄宿学校，我对自己放任自流，对吃进身体里的东西完全失去了控制。突然就有各种各样的食物供我选择。餐厅上演着一场场任人大快朵颐的饕餮狂欢。当然，餐厅里供应的食物通常都不太好，具备一切工业加工食品的特性——潮湿，散发着恶臭——但胜在花样繁多。那里有沙拉吧，有花生酱和果冻三明治，有早餐麦片，有无限续杯的汽水机，有各式甜点可选；还有廉价的校园烧烤店——只花几美元就可以买到汉堡包、炸薯条和刨冰；还有市中心的便利店，可以买到巨大的潜艇三明治；还有一家沃尔沃斯超市，里面有真正的午餐台——从那里点比萨，三十分钟内就能送到我的宿舍。我可以自己吃掉一整个比萨，没人会来阻止我这赤裸而无耻的放纵。能如此奢侈、如此无限制地自由狂吃，是我高中时期唯一的真正乐趣。

面对食物的狂欢，我纵容自己尽情沉湎。我陶醉于想吃什么就吃什么，想什么时候吃就什么时候吃；我陶醉于咬下一口咸薯条散发出的香气，陶醉于一片热比萨上奶酪融化时的滑溜流淌，陶醉于冰镇饮料醇厚的冷冽甜味。我渴望那种快乐，尽可能惯常地放纵自己。

我吞咽着自己的秘密，让自己的身体膨胀、爆炸。我找到了在众目睽睽下隐藏自己的方法，即不停填补那个永远无法满足的渴望，不再受伤的渴望。我把自己的身体变大了。我让自己更安全了。我在自己和任何胆敢接近我的人之间划出了一道清晰的界线。我在自己和家人之间划出了界线。我和他们是一家人，却又不是。

寄宿学校的生活也冲击了我对这个世界的理解。我在中产阶级和上层中产阶级中长大，但在埃克塞特，我遇到了一些学生，他们的家庭拥有世代积累的财富和名声——他们的家人是政要后裔、好莱坞明星或工业巨擘。我曾以为自己知道什么是富有，但直到上了寄宿学校，我才明白真正的富有是什么样子。我明白，有些人有太多钱可以支配，他们认为奢侈消费是理所当然的，并对那些没有同样特权的人毫无兴趣。我并不是不知足。不管我有多迷茫，我都知道我是被爱的，是幸运的。但我因这些富有的同龄人在这个世界上能如此傲慢地生活，以及他们能得到如此多的东西而深受冲击。

我是一个黑人学生，但我来自内布拉斯加州一个相当富裕的家庭，我所到之处的白人学生都不知道该如何与我相处。我是一个异类，我不符合他们关于黑人的假说。他们认为所有黑人学生都来自贫困家庭，住在内城[①]。他们觉得所有来埃克塞特上学的黑人学生都受惠于经济援助和白人的仁慈。而大多数黑人学生也只是勉强接受我进入他们的社交圈，因为我也不符合他们对黑人的假设。作为一个海地裔美国人，我跟他们没有相同的文化认知。我跟同学之间基本上没有任何共通之处。作为一个不善社交的害羞女孩，我的孤独感会更强烈。食物不仅是安慰，食物也成为我的朋友，因为它是不变的。当我吃东西时，除了做自己，我不需要成为任何人。

当我第一次回家过感恩节时，父母很震惊，好像我变得无法辨认了——也许对他们来说，我的确已经无法辨认。他们直视着我，清楚地看到了我。我在短短两个半月里至少增重了三十磅。突然之间，我变得非常圆润，我的脸颊、肚子和大腿从未如此肥胖。我之前合身的衣服现在绷得紧紧的。虽然我不想去看医生，但父母还是带我去了。医生好心地告诉我们，我的身体发生这么多变化是因为发育。他似乎并不太担心，可能把我的体重增加归咎于我第一次离家在外。父

①市中心和附近地区低收入住宅区的委婉说法，并不是地理上更为中心的商业区。

母不知道该怎么办，但他们极度警惕，立即视我的身体为某种危机。他们想办法帮助我，却没有意识到这早期的体重增加只是我身体问题的开端。他们对产生问题的原因毫无头绪。他们完全不知道我已决心把身体变成我需要它成为的样子——一个安全的港湾，而不是一艘出卖我自己的脆弱小船。

17

在高中的前两年，我不断地吃吃吃，我变得越来越迷茫。进入高中时，我毫无价值，而进入高中后，我越发不值分毫。我只需要在和父母通电话或回家休假时假装成从前的那个女孩。其余时间，我不知道自己是谁。大多时候，我都是麻木且尴尬的。我努力想成为一名作家。我努力忘记发生在自己身上的事。我努力忘掉那些男孩在我皮肤上和身体里的感觉，忘掉他们如何嘲笑我，忘掉他们如何一边毁掉我一边嘲笑我。

对于高中生活，我留下的记忆非常少。但在过去几年里，我作为作家的身份形象越发清晰，随之我开始收到高中同学的信息，奇怪的是，他们都清楚地记得我。他们通过电子邮件、脸书或直接在活动现场联系我，热切地问我是否还记得他们。在他们分享的趣闻轶事里，我听上去很有趣，并不像自己记忆中那样让人难以忍受。我不知道应该如何理解别人的记忆，也不知道如何将别人的记忆与我的记忆协调一致。但我很清楚地知道，我在高中时养成了说话尖刻的习惯。我不太说话，但如果我花心思，就可以用言语伤害别人。

闲暇时，我写了很多主题黑暗的暴力故事，讲年轻女孩被可怕的男孩和男人所折磨。我无法告诉任何人发生在我身上的事，所以我用一千种不同的方式讲述了这同一个故事。讲出我不能大声表达出来的话，这让我感到宽慰。我失声了，但我还可以写。我的一位英语老师——雷克斯·麦吉恩——从我的故事中发现了一些东西。他告诉我我是一个作家，告诉我要坚持每天写作。现在我意识到，“坚持每天写作”是许多老师会给学生的建议，但我那时对麦吉恩先生的建议非常当真，就好像他在给我神圣的忠告。现在我仍然每天写作。

不过，麦吉恩先生为我做的最重要的一件事，是陪我一同去校园心理咨询中心。他看到我需要帮助，就把我带到一个可以得到帮助的地方。我不能说我在心理咨询中心得到了安慰或救赎，因为我没有。我当时还没有准备好。刚开始和我的顾问——一个男人——交流的那几次，让我心惊胆战。我坐在座椅的边上，盯着门，盘算着所有可能的逃跑路线。我不想和任何男人单独相处，更不想和一个陌生男人单独待在一间大门紧闭的房间里。我知道会发生什么。尽管如此，我还是不断到那儿去，也许是因为麦吉恩先生让我去，也许是因为我内心深处知道我需要帮助，让我如此渴望的帮助。

18

我在学校继续吃吃吃。放假在家时，我上演了一出节食的戏码（背地里继续吃自己非常想吃的东西）。这出“双食记”一直伴随我到成年。直到现在它还会上演。父母试图弄明白，为什么我的体重增长了这么多。我没有可以和他们分享的答案。九年级结束后的那个暑假，他们让我在医学指导下接受液体饮食，每天喝五杯令人作呕的粉笔般的奶昔。我当然瘦了——瘦了四十磅，也许更多。父母很高兴我的身体得到了控制。我回到学校，同学们羡慕我的新身体，他们赞美我，约我出去玩。那是我第一次意识到减肥——真正意义上的瘦——是一种社会认可。在这种关注中，我失去了自己新得到的隐身感，这让我很害怕。我十几岁时，害怕的东西太多了。

十年级第一个学期才刚开始，我就失去了在暑假里得到的普遍认可。几周之内，我又开始吃东西了，小心翼翼地破坏夏天取得的进步。我那张刚瘦下去的脸又鼓了起来。我的胃紧贴着裤腰带。我的乳房膨胀得很厉害——我不仅长胖了很多，还进入了青春期。

我仍然怀着希望，憧憬我的寄宿学校生活会像《坎比霍尔的女孩》里写的一样——我和宿舍里所有的女孩都亲密友好，所有的老师都爱我——我从来没有体会过这些。

孤独总是如影随形。我的朋友不多。在真正交到的朋友面前，我很笨拙，总是格格不入。大多时候，我确信他们容忍我只是出于同情。我经常说错话。我虚构了一个男朋友—— X 先生。我不知道是什么让我现在更加局促不安——是因为我给自己的虚构对象起了一个怪异的假名字，还是仅仅因为我虚构了一个假名字。我甚至想不出一个可信的名字来称呼我的梦中情人。最终，我社交圈里的女孩们发现，我是照着她们其中一人的男朋友来描述 X 先生的，如你所想，这非常尴尬，而且她们不允许我忘记这件事。我没有时尚感。我不知道如何做发型。我不知道如何做一个正常的女孩。我不知道如何做人。那是一段悲伤至极的时光。每一天不是毁灭性的失望，就是群攻式的羞辱。

十年级那年秋天，我开始感到腹部剧痛，夜不能寐。在远离家的宿舍里，我独自一人，气喘吁吁，泪流满面。我来到医务室，那里的人一无所长，工作人员一遍遍地问我是不是怀孕了。在他们看来，这是一个十几岁的女孩最可能遇到的问题。我没有怀孕，但他们并没有兴趣进一步探究我的问题。他们每次都把我打发走，似乎不把我当回事。对于认真对待女性的痛苦这种事，医学界并不是特别在意。

一天晚上，我痛苦地爬到所在楼层宿管女教员的房门前。九年级时，她曾在一场猜字谜游戏中模仿我，她张开双臂，在房内蹒跚而行，直到有人猜出线索是我的名字。当她终于醒了，过来开门时，我已经浑身湿冷，大汗淋漓。校园保安把我送到当地医院，医生发现我有胆结石。我吓坏了，打电话给父母，父亲告诉我不要担心。他让我放心地闭眼入睡，明早他就会出现。我照他说的做了。当我醒来时，父亲已经在我身边了。他一直是这样的父亲。我做了紧急手术，胆囊被切除了。结果是我夏天吃的高蛋白食物惹的祸。我在医院里待了约十天，最后留下了一道恶狠狠的新疤痕，摸起来很柔软。

在康复的过程中，我仍然疼痛难忍，没过多久，医生们发现外科医生在我体内留下了一些胆结石——如此微小的东西造成了如此巨大的疼痛。我被紧急送往波士顿的麻省总医院，这是我第一次乘坐救护车。我再次感到害怕，却也很兴奋，就像一个不太了解死亡的孩子。这一次，父母都来了，直到我好转了，他们才不再那么焦急。不久之后，我又回到了学校。因为这场疾病，我的体重减轻了，所以我不得不再次努力让自己的身体变得更大、更大、更大，也更安全。

19

虽然大部分时间我都只是安静而阴郁地坐在心理咨询师的办公室里，不过，我接受的心理治疗还是贯穿了高中时期。我并没有取得很大进步，但这里对于我来说，是一个可以避免在一所要求极为苛刻的学校里承担考高分压力的地方。我可以避免成为一个不受欢迎、尴尬、极度孤独的青少年。我可以避免成为一个令父母失望的女儿。

最终，我被分配到一位女咨询师那里，她给了我一本《治愈的勇气》，作者是艾伦·巴斯和劳拉·戴维斯。起初，我讨厌这本书，因为它包含了一本“练习册”，以及一些我不太可能会认真对待的俗套练习。书中的语言过于花哨，充满肯定，也让我难以信任。

这本书呈现的许多理论现在已经不可信了，但在那个时候，在我那么害怕、那么崩溃的时候，《治愈的勇气》给了我词语来形容我所经历的一切。我对它的依赖和厌恶一样多。我厌恶它，因为它鼓励读者去做许多幼稚的练习。但我从中了解到受害者、幸存者和创伤的含义，了解到克服创伤是可能实现的。我了解到我并不孤单。我了解到被强奸不是我的错。虽然我并不相信自己从这本书中所学到的一切，但重要的是，我明白了这些想法和真相是存在的。我没有感到自己在痊愈，也不觉得我能把自己重塑成书里所暗示的痊愈的样子，但我确实感到，至少有一种地图似的东西，让我能沿着它找到一个或许能治愈自己的地方。我需要这种后盾和希望，即便我无从想象，有一天我会重新变得完整。

20

有一个地方可以使我忘记自己和所受的伤害——剧院。高中时，我成了一个充满激情的戏剧怪人，并且爱上了戏剧中的技术环节——所有使剧目得以成功上演的后台工作。当我在幕后工作时，我的新腰围并不重要。我的害羞并不重要。我可以成为某样东西的一部分，同时没有任何观众知道，我是那其中的一部分。

我参与制作的第一场演出叫《恐怖小店》，那时我上九年级。我在音响间工作，管理音响信号，还和迈克尔成了朋友。年轻英俊的迈克尔还没上大学（也可能多读了一年高中），他负责出演结尾出场的一棵巨型植物。年底时，迈克尔会带我去参加他的毕业舞会，我们会在波士顿港口附近巡游。他对我很好，从不想从我这里得到任何除友谊之外的东西。这对我来说是一种启示：一个年轻男人可以是善良的。

作为一个戏剧怪人，我学会了如何搭建场地，以及如何将拉紧的幕布刷成演出需要的任何背景或场景。我学会了如何设计音效，如何挂灯，还学会了如何忍受没完没了的彩排。我游荡在发霉的服装仓库里，寻找特定的服装，并帮忙找出或制作特定演出所需的道具。当我在尘土飞扬的漆黑剧院里时，我是有用的。我非常能干。大家让我做什么，我就完成什么。我能够专注于手头的工作，从而忘记树林里的那些男孩，以及他们对我的身体造成的伤害。

我去看那些富有活力的戏剧和音乐剧。不论是哪出戏，我都喜欢它呈现出的壮观场面和演员们古灵精怪的模样——他们成功地假装出自己绝不仅仅只是高中生而已。我们的教员——欧加米－舍伍德夫人和贝特曼先生——都很有个性，也都对戏剧充满热爱。我们这几个戏剧怪人深受他们两位的影响。贝特曼先生因端着一个装满健怡可乐和伏特加的大玻璃杯走来走去而闻名。他开始秃顶了，还没掉的头发乱蓬蓬地竖在他的脑袋边缘。他喜欢穿黑色高领毛衣。一九九二年，我毕业后不久，他因持有并跨州传播儿童色情作品被定罪，被判处五年监禁。欧加米－舍伍德夫人有一头浓密的长鬈发。她身材矮小，但在其他各方面都很高大。她无法容忍胡言乱语，我们大多数人都怕她，却又同时渴望得到她的关注。

在演出之夜，我常作为舞台工作人员参与其中。我会穿一身黑色衣服，以成为维系演出正常运转的无形机器的一部分。我知道我参与的每一场戏的所有台词。我和其他同样痴迷于戏剧的怪人们一起，找到了让自己尽兴又能施展一点儿魔法的方法。高中生活很糟糕，但在剧院里，我们为彼此创造了一个空间。在这里的每一次，我们都能享受数小时融入其中的感觉。

21

金斯蒙特营是一个减肥健身营，我在十年级的暑假参加了这个夏令营。它坐落在风景如画的马萨诸塞州伯克夏县。营地宣传册里的一切看起来都如田园诗般引人入胜，所以我立刻明白，不能相信这种宣传。高中时的一个夏天，父母曾送我去金斯蒙特待过几个星期——这是另一番解决我身体问题的尝试。在这件事上我没有多少发言权，因为他们已经下定决心，要用任何必要的方法让我减肥。而我也早就明白，我说“不”没有任何意义，所以我参加了。

我讨厌露营，讨厌户外活动，尤其讨厌森林。营员们住的小木屋，顶多算是乡土风味的。小木屋坐落在一座相当陡峭的山顶上，每当我们想待在里面时，就必须得爬上山去。

不过，我们并没有太多时间可以待在自己的小木屋里，因为营地使用了非常强硬的方式，让我们“享受”户外活动。辅导员们让我们忙于各种活动，意图让我们在没有意识到自己正锻炼的情况下，实现锻炼的目的。至少，他们自以为是这样。但我总是能感觉到自己在锻炼。那是一段噩梦般的经历——野外拉练、游泳、有组织的体育活动，当然还有那可怕的爬山运动，晚饭后和每次我把东西落在木屋后都会引发一次。我们每次锻炼前都会称体重。每天有三顿正餐和一顿小吃，我们吃了很多低卡食物（大量烤鸡肉、蒸西兰花，还有寡淡版的比萨、汉堡等），意在进一步促进减肥。我清楚地记得，其中有一道吉露果子冻的数量十分反常。

我又一次变瘦了。不过，作为年龄较大的营员之一，我也有时间可以和辅导员待在一起，他们中的大多数只比我们大三四岁。晚上，当年纪较小的营员被安排上床睡觉后，我们会在某个小木屋后的火坑附近闲逛。以这样一种微妙的方式被纳入一个团队，感觉自己在打破规则，是一件非常激动人心的事情。

当回到现实生活中，回到父母身边后，我立刻把自己学过的所有课程、所得的一切教训都抛于脑后，又一次恢复了体重，而且抛掉的远不止于此。我在金斯蒙特营学到并坚持下来的一课是如何吸烟，因为辅导员让我们向他们讨香烟。吸烟是我十八年来精心养成的习惯。

吸烟让我感觉很好，带给我淡淡的快感。我知道自己非常非常不酷，但吸烟让我觉得自己很酷。我喜欢抽烟的仪式感。那时，我热衷于上演这出戏码。我买了一个芝宝打火机，在里面装满了火机油。我喜欢把它的翻盖按开，再靠在大腿上合上，就像神经性的抽搐。

我从维珍妮牌女士香烟（我们叫它“阴道黏液”[①]）开始抽起，然后转向红万宝路，再换成白金万宝路，最后选择硬皮包装的骆驼作为我的首选香烟。每次买到一盒新烟，我都会用手心轻拍烟盒顶部几下，拍实烟丝，然后撕下塑料薄膜和箔纸。我会把一支香烟倒过来，然后抽出另一支来抽。我确定我是从一个夏令营辅导员那里学到的这项小仪式。

抽烟于我而言是一种饭后习惯，是清晨醒来的第一件事，睡前的最后一件事。高中时，我要对老师隐瞒我的吸烟行为，所以经常趁课间去市中心沃特街的店面后抽烟，看着昏暗的埃克塞特河。在那些水边的安静时光里，我坐在碎石和泥土上，周围是废弃的烟头和啤酒罐，还有一些不知道是什么的东西，我感觉自己像个反叛者。我爱上了这种感觉，这让我感到自己足够有趣，足以打破规则，足以相信规则并不适用于我。

和大多数吸烟人士一样，我精心设计了一些方法，以向

①维珍妮牌女士香烟（Virginia Slims），与“阴道黏液（Vagina Slimes）”原文拼写相似，故有此戏言。后文的红万宝路、白金万宝路、骆驼均为美国香烟品牌。

那些可能反对这一习惯的人——我的父母——隐瞒蛛丝马迹。我总是随身带着各式薄荷糖、口香糖之类的东西。如果我在车里，我会在开车时摇下所有车窗，并说服自己这样能冲淡我身上的烟味。

没多久，我就养成了一天一包烟的习惯。当然，每当爬楼梯时，我会感到肺部作痛。有时我还会在咳嗽中醒来，我的所有衣服都散发着烟臭味。抽烟的习惯让我付出了昂贵的代价，但我很酷，我愿意做出一些牺牲，至少在某个微小的方面变得很酷。

22

在“之后”，我求助于食物，但这里还有其他复杂的原因。我从来都不擅长运动，即使在我苗条的时候。我在郊区长大，所以父母为我和弟弟们选报了各种运动项目。虽然家人都是运动达人，我却从未出色驾驭过任何一项我所尝试过的运动，即便我已经尽心练习过了。

在足球场上，我是守门员。直到今天，家人都喜欢讲述我坐在门柱旁，在比赛中途去摘蒲公英的故事。我不记得了，但这并不奇怪，毕竟我对这种比赛兴致缺缺。花朵很美，但足球比赛冗长而乏味，尤其是小选手们对比赛规则或策略知之甚少的时候。

在垒球场上，我是接球手。但我害怕球，因为它总是极为迅猛地向我飞来。我耗尽全部力量去躲避球，这令我难以掌控自己的位置。我对跑垒也没有兴趣。我理想的比赛方式是：我击球，别人替我跑垒，而我永远不用在对手上场击球的时候打球。

有时我还打篮球，但我当时个头还不高——我是在很久以后，直到青春期结束时才长到现在的身高的——所以我没有天生的优势，根本不擅长投篮、防守或其他任何篮球选手的技能。同时，我对在球场上跑来跑去毫无兴趣。篮球队服一点儿也不酷。我最喜欢的是当记分员。每次投篮得分时，我都非常利索地把比分牌快速翻过去。

在学校，我们打躲避球和绳球。我们参加了总统健康挑战赛，我几乎每年都以最后一名的成绩完成跑步部分—— 一英里对我来说就像一场马拉松。高中时，体育是一门重要的必修课——这当然不是我所希望的。我划赛艇，但我讨厌我们划的那艘嘎吱作响的驳船。我打曲棍球，不过我对曲棍球棒可以被用作武器这一优点更感兴趣。长曲棍球对我来说毫无意义。冰上曲棍球是我的噩梦——长时间待在冰冷的环境中，一边力图在两个窄刃上保持平衡，一边费力地挥舞球棍在冰上击打一个小冰球。我很快得出结论：我对运动过敏。我现在仍然坚持这一结论。

不过，我游泳游得还不错。我喜欢水，喜欢在水里自由游动的感觉，喜欢失重的感觉。我喜欢用自己的身体在水里做一些在陆地上永远不可能做的事情。我甚至喜欢氯气的味道。我曾经刷新了学校五十码自由泳的纪录。需要说明的是，这是在我读六年级时，不过即便是现在回忆起来，我仍然能感觉到一股小小的成就感。因为在水里，借助肌肉和肺的力量前行，我感到自己很有能力，强壮且自由。

弟弟们的运动能力则远胜于我，他们都喜欢足球，大弟乔尔甚至还当过几年职业足球运动员。我羡慕他们对运动显而易见的享受，羡慕他们拥有出色的运动才能，但我并不真正渴望感受到那种享受。我一直是个矛盾的女人。我的真爱，从过去到现在，一直都是阅读、写作和做白日梦。运动只是在分散我的注意力，使我远离真正想做的事情。

23

整个高中时期，我都在走过场，假装成学校里的好学生、父母眼里的好女儿，而我的大脑却在不停地分裂。年复一年，我对自己越来越厌恶。我坚信被强暴是我的错，我罪有应得，树林里发生的一切，都是我这样可悲的女孩本可以料想到的。我睡得越来越少，因为每当我闭上眼睛，就能感觉到男孩们的身体碾压着我那女孩的身体，伤害着我那女孩的身体。我能闻到他们的汗味和呼吸中的啤酒味，回想起他们对我做的每一件可怕的事。我会气喘吁吁地醒来，惊恐万分，整晚盯着天花板，或者整晚读书——逃离自己的身体，逃离自己的生活，进入更好的世界。我读书毫无规律和缘由可循：我读过汤姆·克兰西和克莱夫·卡斯勒的很多作品，只为寻求纯粹的逃离；我读过很多浪漫滑稽剧，因为这类书实在太多；我阅读在学校图书馆能找到的任何书。

白天，我去上课，这在某种程度上是另一种逃避。在学业上，埃克塞特的课程很紧，比我上大学时的课程还要严格许多。我喜欢我的课程。建筑课上，老师要求我们只用泡沫塑料和橡皮筋之类的材料制作一个容器，使它能够在盛着鸡蛋从屋顶被扔下时，里面的鸡蛋仍保持完好。英语课上，每个高年级（即其他国家或地区所称的“大学低年级”）学生都必须写一篇长文章—— 一篇深入的专题报道，为此，我们必须仔细研究、大量采访，沉浸于感兴趣的话题中。当时我想成为一名医生，这是海地裔父母认可的职业之一，所以我文章写的是一位外科医生，他是我们家的邻居。他耐心地回答了我的问题，并允许我在春假期间观看他的一台手术。当我写这篇长文章时，我觉得自己不仅仅只是一个蹩脚的高中生。

我的学习成绩很好。我就是在这样的教养下长大的——要做一个优秀的人，永远不要满足于任何不完美。B 是一个糟糕的分数，而如果我得了 A-，那我还可以做得更好，因此我也就会做得更好。我尽全力做好。学校总是令我感到很紧张，个中原因有很多，但绝不是因为学业压力，因为至少这一部分是我有能力掌控的，明白这一点给了我安慰。我知道如何学习，如何记忆，如何去理解复杂的事情，只要它们都与我无关。我也知道父母在我的教育上花了太多钱，所以我不能失败。我不能再让他们失望了。我需要，在某种程度上，让我觉得自己配得上他们对我的期望。

我越来越脱离自己的身体，继续暴饮暴食，继续长胖。只有在父母的催促下或不住的唠叨中，我才会尝试减肥，不走心地调整饮食。我不在乎变胖。我想要变胖，想要变大，想要被男人忽视，想要感到安全。在高中的四年里，我大概重了一百二十磅[①]。我用我的狮子卡——校园信用卡——在烧烤店买了太多食物，在学校书店随意买各种垃圾书，累积了令人难以置信的高额账单。因为每当我吃东西或花钱时，就能得到一丝稍纵即逝的安慰感。

我花光了所有钱，也许是不想落后于身边的有钱孩子——他们有自己的运通卡，周末在波士顿挥霍无度，假期还会去欧洲和阿斯彭旅行。父母因为账单质问我，对我浪费金钱感到愤怒，想弄清我的每一笔开销，但他们真正想弄清的是我变成了怎样的人——跟他们以为自己认识的那个女儿大不相同。我没有答案。我为发生在自己身上的事，为我增加体重改造自己的身体，为我不能像正常人一样生活学习，

①约合 54 公斤。

为我明显让父母感到失望而深深厌恶自己。

我仍然坚守自己的承诺——成为有史以来最“极客”的戏剧怪人。十二年级那年，我和几个朋友创作并推出了一部关于性暴力的戏剧。我们都经历过性骚扰，多年来，我们都以这样或那样的方式分享过自己的经历。开演当晚，我父母也在观众席上，闭幕之后，当我在大厅找到他们时，他们看起来相当困惑。他们问我怎么会创作出这样题材的作品。对我来说，这是一个告诉他们真相的机会，但我对他们的问题不予理睬。我继续死守着自己的秘密。

当必须决定去哪里上大学时，我知道自己必须竭尽所能让父母高兴，必须为自己让他们失望而尽力弥补。我尽职尽责地申请大学，基本都是常春藤盟校，还有纽约大学。除了布朗大学——这份轻蔑我（显然）从来都没忘——其余每所我申请的大学都录取了我。我在学校的邮局里拿到了耶鲁大学的录取通知书，周围满是同样热切地想知道自己未来命运的高年级学生。我打开信封，因自豪而脸颊泛红。站在我旁边的一个年轻白人男孩——那种善于打曲棍球的帅小伙——没有被他申请的学校录取。他看着我，毫不掩饰目光中的厌恶。“平权法案。”他冷笑道，无法咽下这个苦涩的事实：我，一个黑人女孩，取得了一些他无法取得的成就。

作为一个海地人的女儿，我必须上大学。如果我必须上大学，那么我想去纽约大学，因为那里有非常出色的戏剧专业。可惜父母坚持认为在纽约上大学会分散我的注意力，而主修戏剧太不现实、太异想天开。而最终让我的渴望破灭的是，他们担心这座城市太危险了。这令我无比沮丧，因为我知道真正潜藏着危险的地方——在那些精心整修的高档郊区社区后面的树林里，在那些来自好家庭的好男孩手里。

我虽然很想上纽约大学，但更想休息一段时间，让头脑中所有的喧嚣平息下来。我问父母我能否先度过一个间隔年，因为我知道我难以再继续扮演好女孩了。我狼狈不堪，勉强维持，但我的请求被拒绝了。在高中和大学之间休息一年并不是好女孩该做的事情。我从来不觉得被拒绝后，我还能有任何选择的余地。

我最终选择了耶鲁，因为那儿有一个非常优秀的戏剧项目，我想在耶鲁戏剧社工作，就像朱迪·福斯特[①]那样。纽黑文市离纽约市有一小时车程，所以我可以在城里过周末，我进一步说服自己。当然，如此不情不愿地进入常春藤盟校——世界上最好的大学之一——有点儿奇怪，但我

---

① 1962 年出生的美国女演员，出演过《沉默的羔羊》《出租车司机》等。

当时是一个喜怒无常的少女，还背负着自己的秘密和创伤。我没有资格面对我的特权，也没有资格认为我的特权是理所当然的。

24

高中毕业后的那个秋天，父母开车送我去纽黑文市，帮我搬进老校区的宿舍——所有新生都住在那里。我和另外三个女生住在一座无电梯公寓楼的第五层。公寓坐落在一个四方院子内。我的室友都非常友善，我觉得我们会相处融洽。我父亲给我买了一张蓝色双人小沙发，并和室友的父亲一起把它抬上了五楼，放在公共休息室里。母亲帮我整理床铺，换上崭新的被单，并帮我把行李放好。在他们出发去内布拉斯加州之前——他们又要搬到那里去了——我们出去吃了晚饭。一切看上去都很正常。分开前，他们祝我好运，鼓励我解决自己的问题——当然是指我的体重——然后，我又一次独自一人了。

毫无疑问，父母害怕再次把我独自留在学校里。上次他们这么做时，我的体重大幅增加了。我确信他们对大学里会发生的事情感到害怕，害怕我会变得更加肥大。他们不担心我酗酒或吸毒，因为他们知道我已选择了暴食的恶习。不过，他们仍寄希望于教育，希望我懂得自我保护，希望我能拥抱机会，希望我能主动减肥，变得和其他女孩一样娇小，变成更好的人。

我上过寄宿学校，在校园里生活了两年，我没有典型的离家求学的成长烦恼。我知道如何在校园里照顾自己——至少让别人觉得我在照顾自己。

但我很痛苦，比高中时期更甚。我有一些熟人，却没有一个能让我打开心扉的朋友。大学的监管比高中更松散，我也变得更松懈。新的诱惑纷纷涌来，消磨时间的方式时时更新。与新罕布什尔州的埃克塞特市大不相同，康涅狄格州的纽黑文市大得多，十分都市化，人口多元。校内校外都有更多食物供我选择——我喜欢去阿迪克斯，那是一家带咖啡馆的书店，还提供美味的沙拉和三明治。我很少去上课，即使我去上课，也感到没有什么意义。一位生物老师告诉我们，他的任务是从注定从医的学生中滤掉那些资质不佳的人。我很快就被滤掉了，因为课程的任务量大得惊人：要完成实验和作业，还要按照严格的准则去写实验报告。高级微积分课上的数学是如此复杂而深奥，甚至令人发笑——授课老师可能在说另一种语言。

我在两年内换了两次专业，从医学预科和生物到建筑，最后换成了英语。与此同时，我把大部分时间都花在了戏剧上，就像高中时那样。负责幕后的安静工作，让戏剧奇观得以呈现，这种事总是让我乐此不疲。

每日每夜，我都活在后台——在耶鲁戏剧社和学校剧院做场务工作，或是在宿舍等生活舞台上隐身幕后。我忙于架设布景，绘制场景，装配共鸣板，系挂灯具。有一次，我陪同一名教员顾问前往马萨诸塞州的一所私立学校取回一道铁丝围栏，供我们在《西区故事》的最后一幕里使用。我曾为一出小型校园戏剧设计过布景，还曾在实验剧场担任过一场演出的技术总监。当投入演出时，我能忘记学校，忘记家庭，忘记痛苦。当我置身后台、布景店或舞台上方的天桥时，我知道如何去做那些需要做的事情。自己是有用的，这对我而言是一种慰藉。

25

十九岁的那个夏天标志着我迷失岁月的开端，而我的迷失岁月始于互联网。大二结束后，我和一个熟人搬进一间位于一家小型专业食品店楼上的公寓。我们不是特别亲密，但一开始，我们相处融洽，相信可以一起合住。

刚上大学时，父母给了我一台电脑—— 一台 Macintosh LCII[①]，以及一台调制解调器[②]。父母的初衷是为了帮助我学习，但实际上，我却用它们与世界各地的陌生人在电子布告栏、聊天室和 IRC 上聊天。IRC 是当时的一种老式聊天程序，在这个程序里，成千上万孤独的人在成千上万的频道里相互说着闲言秽语。

我醒着的大部分时间都在上网，在和陌生人聊天。我不必再当那个肥胖、没有朋友又无法入睡的失败者——这就是我眼中的自己。我开始沉浸在匿名之中，沉浸在可以

---

①流行于 20 世纪 90 年代的一款彩屏苹果电脑。

②一种可以通过电话线在电脑之间传递信息的电子设备。

向别人展示自己的快感中。七年来，我第一次在感到与他人联结时迷失自我。上网为我提供了一种非常特别又极度渴望的刺激。

整个高中时期，我都没有体验过浪漫的爱情故事。我太笨拙，太害羞，活得一团糟，不适合约会。高中时，因为我是黑皮肤，因为我肥胖巨大，因为我对自己的外表漠不关心，男生都注意不到我。我读了那么多书，在我内心深处，我是浪漫的，但我想成为浪漫故事主角的愿望却非常理智而超然。我觉得一个男孩约我出去、亲吻我，这样很不错，但我不想真正和一个男孩单独在一起，因为他可能会伤害我。

在网上和男人聊天，让我在保持身体安全的同时能享受到浪漫、爱情、欲望和性爱。我可以假装自己苗条、性感而自信。

我发现了强奸及性虐待幸存者们的论坛，在那里，就如同我当初读《治愈的勇气》时那样，我发现自己并不孤单。在这些网络论坛上，我看到有这么多可怕的事情发生在女孩或男孩身上。我发现，不管我的秘密多么不堪，总还有更多人怀揣着更不堪的秘密。

在 IRC 聊天室里，我和 BDSM[①] 群体聊天，我了解到性

①由绑缚（bondage）与调教（discipline），支配（dominance）与臣服（submission），以及施虐（sadism）与受虐（masochism）三组单词集合而成的缩写。

接触可以是安全、理智且两相情愿的。在这种性接触中，双方相互施加力量，但任何一方想让接触停止时，都可以用一个安全词让它停止下来。我知道了，有人会把真正的“不”当作“不愿意”来对待。这一认知让我感觉充满力量，心驰神往。我想对安全的拒绝方式了解更多。

现在，我对树林里发生的事情有了更多认知。十二岁时，我没有这些词语。那时我只知道这些男孩强迫我和他们做爱，用我不了解的方式占用了我的身体。多亏了书籍、心理疗法和网上新朋友的帮助，我更加清楚地认识到，有一种行为叫作强奸。我明白当一个女人说“不”时，男人应该倾听并停止他们的行为。我明白被强奸不是我的错。有了这些新词语，我感到一种安静的兴奋，但在很多方面，我觉得这些词语不适用于我。我残损而软弱，不配得到宽恕。要相信这些真相并不像单单了解它们那样容易。

26

在离大三开学还有几周时，我消失了。我没有告诉任何人我要去哪里，没有告诉情理之中越来越无法忍受我古怪行为的室友，也没有告诉任何熟人，甚至没有告诉父母。我飞到旧金山，是因为我在一个网上公告栏里遇到了一个四十多岁的男人，而我们有共同的……利益。这是我生命中第一次感到被人需要，尽管我对这个男人没有真正的渴望，但被需要就足够了。我的头脑是清醒的，但我还是把自己的身体置于危险之中，而我想做的别无其他，只有离开我所拥有的生活。我抓住了这唯一的出路。

尽管我遇到了很多麻烦，但我也很幸运。这个比我年长的男人很奇怪，但很善良。他从不伤害我。他从不强迫我做我不想做的事。他照顾着我，并把我介绍给其他奇怪却善良的人，他们在我年轻、迷茫、彻底残破时接纳了我，却没有利用我。我们在旧金山参加了一些聚会，遇到了许多和我在网上聊了几个月的人。一起度过一段喧嚣的时光后，他邀请我跟他去亚利桑那州的斯科茨代尔市，他住在凤凰城的郊区。我不想回到我的生活中去。我不能。所以我没有回去。

我没有钱，只有够穿几天的衣物。爱我的人都不知道我在哪里。我感到兴奋不已。我感到很自由，因为我不必再为父母或其他任何人假装自己是常春藤联盟的好女孩了。

我在凤凰城待了将近一年。我失去了理智，甚至也不想去拼凑碎裂的自己。我只做自己想做的事情。我做了一些当年一直在伪装的那个好女孩做梦都不敢做的事情。我再也不用假装自己是优等生或关心成绩的女孩，也不用假装自己是个好女儿，抑或扮演其他好角色。我完全脱离了以前的生活，我可以成为一张白纸。我可以重塑自我。我可以冒那种不久前还无法想象的风险。我可以完成我和家人以及我所知道的一切之间长期以来不断增长的决裂。

我和一群迷茫的女孩一起在凤凰城市中心一家电话色情公司上夜班。大多数时候，我一边和那些孤独的男人聊天，一边坐在自己的隔间里玩填字游戏。这些男人想要的无非是一种幻想——拥有一个可能会听他们倾诉十分钟或一两小时的女人。大约凌晨四点，在饭补时间，公司会给我们提供一些油腻可怖的食物，那些都是从街对面的杰克盒子快餐店买来的。我很胖，我不停地吃东西，变得更胖了；我和男人们交谈，但不必感受他们的碰触。下班后，我回到带我来到亚利桑那州的男人家里，有时会邀请同事过来，我们围坐在男人家的游泳池旁，戴着墨镜睡觉，让亚利桑那州的太阳炙烤我们的皮肤。

一天，那个同住的男人教我用蜡弹射击。手里握着枪、扣动扳机的感觉让我兴奋不已——即便子弹只是轻轻一弹，击中一个没有生命的目标。我想把枪对准那些伤害我的男孩。我想把枪对准自己。

在迷失的一年里，我做的大多数选择都不明智。我是鲁莽的。我不在乎我的身体，因为我的身体毫无价值。我让男人们对我的身体做可怕的事情。我让他们伤害我，因为我已经受过伤害了，我只是在寻找某个人来完成已经开头的事情。

无底线。无所畏惧。这是我在社交圈里建立起来的声誉。其中一个是真的。

我跟随陌生人回家。一个男人邀请我去他家，而他妻子睡在我们躺的床旁边的地板上。地板上满是猫砂。第二天早上，我偷溜到公用电话旁，给和我同住的那个男人打电话，叫他来接我。当时我光着脚踩在地板上的嘎吱声，我到现在还记得。我开始和女人约会，天真地觉得和女人在一起也许是安全的。我以为理解女人更容易。

和那个带我来亚利桑那州的男人一起住了几个月后，我和一对夫妇租了另一套公寓。直到最后我才知道，这对夫妇拿走了我那部分租金，他们自己却从来不付房租。因此，我刚搬进来几个月后，我们就突然被赶了出去，这时只有我一个人感到震惊。

我猜，父母最终是在私家侦探的帮助下找到我的。我从来没有问过。他们让我二弟迈克尔给我打电话——他们知道我不会挂断他的电话，因为他是我们的宝贝。我们暂时重新恢复了联系。我听说父亲去了纽黑文，收拾了我的公寓，尽力补偿了那个因我不负责任的抛弃而陷入困境的室友。恢复联系后，父亲运来我的东西，付清了我未付的账单。不管我做了什么足以断绝亲情的事，他都还愿意当我的父亲。

然后一切都结束了。我回到家，看到公寓门上贴着一张驱逐令。同住的那对夫妇正在拼命收拾他们的东西，好像一切都很正常。我感到恐慌，因为在我始终相对受保护和享有特权的生活中，我从未听说过这样的事情。我大哭一场，吓坏了。我把我的东西装进一个大箱子里，并把它留给一个朋友。我考虑了各种选择，但不想回家。我还没有准备好。我用我仅有的钱买了一张去明尼阿波利斯的机票。在隆冬时节，我去了明尼苏达州，和一个在网上认识的女孩住在一起。这将成为一种模式——约见网恋对象。一开始，我这么做是因为这样更安全，而且我可以表现出自身不具有的性感。然后，随着我变得更胖，这成为我与人交往的方式——可以在向他们展示我肥硕的身体之前，先用人格魅力打动他们。那时我以为明尼苏达州的那个女孩是我一生的挚爱。这也将成为一种模式。两周后，我意识到她不是我一生的挚爱。她只是个陌生人，而我什么也没有——没有钱，没有地方住，没有工作。我崩溃了，并给父母打了电话。父亲让我去明尼阿波利斯机场，我去了，发现有一张买好的机票正等着我。再一次，他用父亲的宽厚接纳了我。

即使担心到发狂，父母依然欢迎我回家，虽然他们本可以不必如此。他们有问题，有愤怒，有受伤，我对此无能为力。我不能告诉他们真相。我无法解释为什么我的体重还在增加。我想不出怎样才能不那么令人失望。尽管如此，我知道我还有家可以回，一个我会受到欢迎、感受到爱的家。

我还是一团糟。我花了很多时间待在自己房间里玩电脑，忙于把电话线和调制解调器连接在一起，因而我和家人相处得不太好。与尝试重新开始生活或面对那些自以为了解我的人相比，在虚拟世界中迷失自我要容易得多。我仍然破碎不堪。我喜欢那种简单接受一切都错到无法挽回的感觉。不用试着伪装自己，这感觉很好。

27

在奥马哈的家中度过了紧张难挨的几个月后，我搬到了五十英里外的林肯。我想要实现独立，想要拥有“空间”，想要感觉像一个成年人，尽管我还远远算不上是一个成年人。我当时二十岁，却时而觉得自己十二岁，时而觉得自己二十岁，时而又觉得自己一百岁。我什么都不知道，却以为自己什么都知道。

我在林肯住的公寓自然是由我父母出钱买下的。那是一套一居室公寓，有一个小厨房和一个阳台，我在那里尽情抽烟。

我经常去父母家，还会从母亲的食品储藏室里拿走卫生纸和杂货。我们之间的关系仍是破裂的，但我始终知道，我有一个家。我经历了一场资金充足的精神崩溃。尽管我对太多事物饥渴不已，却从未真正感受过饥饿。

为了至少尝试着养活自己，我打过一堆古怪的零工——先后当过成人音像店店员、电话推销员、盖洛普民意测验调查员、学生贷款公司的贷款整合员——很快我意识到，没有大学文凭，我只能靠打零工挣最低的工资。我又重新被耶鲁大学接纳了，但一想到要回到纽黑文，我就无法忍受。二十一岁生日那天，我买了六罐装的科罗娜啤酒来庆祝，尽管我讨厌啤酒的味道和臭气。[①] 那天晚上晚些时候，一个我正在有一搭没一搭地约会的女人打来电话。当我提到那天是我的生日，可我独自坐在公寓里，手里拿着汗津津的廉价啤酒时，她主动提出要带我一起玩。我现在都不记得我们做了什么。我当时没有朋友。最后，我在佛蒙特大学完成了一个短暂的住院实习期项目，完成了我的学位。当时，它是佛蒙特州的诺威奇大学——一所军事学院——的一部分。我不停地写啊写啊写。

我非常想成为一名作家，所以我参加了内布拉斯加大学林肯分校的创意写作硕士课程。我晚上工作，白天上学。我总是身无分文，但还不能和贫穷混为一谈。我身后有一张安全网，而且我也知道我有，虽然有很多天我都只能吃拉面，但我内心饥渴不已时也没有挨过饿。我睡得很少，因为在睡眠中我不得不面对自己，面对自己的过去。我被那些可怕的

①在美国，只有年满 21 岁，年轻人才可以合法地喝酒。故此处提到买酒庆祝 21 岁生日。

梦——关于那些男孩、那片树林，以及那些对我的身体毫不怜悯的回忆所折磨。

在大学里，我去上课，学习了维多利亚时期的文学、文化理论和后殖民主义理论。我和一些同学一起参加了写作讨论会，他们对我的写作给予了惊人的慷慨反馈，提供了许多有关写作讨论会的共同智慧。我服务于讨论会的文学杂志《草原·篷车》，担任编辑助理，主要负责打开所有收到的邮件——像我这样的作者每周都要提交数百份稿件，以寻求赏识。正是在那里，我认识到衡量一个作家地位的最好方法之一便是在文学杂志工作。我们收到了各种各样的邮件。人们发来自己的日记、给猫写的颂歌、整本小说或诗集——全都被小心翼翼地打印出来，塞进马尼拉纸制的信封里。我们收到的信有很多是囚犯写的，他们和我一样孤独，在牢房里找到了自己的声音，希望自己的声音能够被听到。我仔细阅读了这些作者的所有信件，他们似乎愿意分享生活中的任何事情。

晚上回到家，我通常会直接打开电脑，写一个又一个故事，大多关于女性和她们所受的伤害，因为这是我能想到的唯一一种将我所感受到的伤害发泄出来的方式。我经常光顾性侵幸存者的新闻小组和聊天室。虽然我不能告诉身边任何人我经历了什么，但我可以在网上向陌生人吐露心声。我写博客，大多是关于我生活中不重要的细节，我希望被看到和听到。我爱上网，渴望它带给我的那种脱离真实生活和自己身体的自由。我一直不停地吃，但是除了数量，吃过的食物基本上都记不得。我漫无目的地吃东西，只是为了填补伤口，或者尽力去填补伤口。不管我吃了多少，还是会感到痛苦，还是会害怕别人，害怕那些我无法逃避的回忆。写毕业论文时，我尽力整理出一本短篇小说集《多么小的世界》，并顺利通过答辩，完成了学业。我不知道应该去做什么，于是在大学里找了一份为工程学院写作的工作。我尽力去符合人们对我的期待。有时，我真的很努力。

28

我在工程学院工作的时间越来越多，此时我意识到，当我梦想着选择作家作为自己安身立命之本时，我可能应该更具体地说明我的意思。我仍每天写作。我有自己的办公室，有一台电脑，我可以在上面玩单人纸牌游戏，可以写作。我写的文章大多是关于学院教授所做的研究——机械施工设备、可用于太空的气凝胶、对生物恐怖主义的防御以及RFID芯片的创新用途——这些我完全一无所知，但教授们总是极为乐意跟我解释的东西。

这份工作很好，是到目前为止我做过的最好的工作，让我赚到了有生以来最多的钱——尽管并没有赚多少。我有一个很棒的、善于鼓励人的导师康斯坦斯，他让我成了一个更好的作家。我学会了如何使用Adobe创意套件。我和工程专业的本科生一起工作，担任他们杂志的顾问。

我会坐在教授办公室里听他们谈论自己的研究，然后想，*我完全可以做他们做的事情*。当然，这有点夸张，但我每天工作十小时，总是因为某人的心血来潮。我羡慕教授们看似拥有的自由，他们每周授课两三次，制定自己的时间表，并得到丰厚的报偿。我想过那种生活。在我攻读硕士学位的过程中，我一直想接着读博士，但我打算获得创意写作的博士学位，写我伟大的海地裔美国小说，然后找到一份教书的工作，为生活做好准备。

后来，出于工作需要，我参加了全国黑人工程师协会的年会，负责工程学院的招聘。在整个会议过程中，贝蒂——坐在过道对面桌子后的那个女人——一直跟我谈论她工作的密歇根理工大学，以及那里的一个很棒的技术交流项目。我从来没有听说过密歇根理工，也确信自己会留在内布拉斯加大学林肯分校。然而，会议结束后，她跟我保持着联系，并坚持不懈地向我推荐这个项目。之后，我的女朋友在情人节通过电子邮件和我分手了，突然间我就想离林肯越远越好。于是，我申请了密歇根理工大学，然后被录取了，他们给了我一份我无法拒绝的工作——提供足够的薪水、教学机会、学费减免以及非常好的医疗保险。那年夏天，我事先没有实地考察，就直接搬到了密歇根州的汉考克，在一个从未听说过的学校攻读一个我一无所知领域的博士学位。二弟迈克尔也转学到密歇根理工大学，加入了我的行列。当我们开车进城时，我们俩都意识到我们根本不知道自己将会面对什么。密歇根上半岛非常遥远。我们在浓密枝叶掩映下的两车道乡村公路上开了好几个小时。太阳落山时，目之所及尽是鹿，于是我们放慢车速缓行。我的房东住在一栋老房子的楼上，她和她已故的丈夫曾在那里经营过一家干洗店。当我到达那里时，她站在反锁了的屏风门后，盯着我说：“你在电话里听起来不像是有色人种女孩。”当时我三十岁。

29

读研究生、过一种纯粹的精神生活，这让我感到十分宽慰。我在学校里上课、学习时，我的身体并不重要。我学习如何一边工作，一边教书。我有非常具体的职责，需要我投入近乎所有的注意力、时间和精力。

但我无法忘记自己的身体。我无法逃避它。我不知道该怎么摆脱它，同时，这个世界也总是在提醒我这一点。

在我教书的第一天，一个星期一，我在上课前吐了，因为我很害怕，虽然我害怕的不是教学本身。我将教授大一新生的写作课，虽然管理班级总是一个挑战，但充满说服力地向学生传授写作基础让我感觉轻松自在。我担心的是我的外表和他们对我的看法。我担心他们不喜欢我，担心他们会取笑我，嘲笑我的体重，而且我根本不知道，如何让他们喜欢我这样一个总是不讨喜的人。我担心自己耐力不足，担心自己无法坚持站五十分钟。我担心在他们面前流汗，担心他们会因此对我评头论足。我担心上课该穿什么，因为我的标准

“制服”——牛仔裤和T恤衫——都太随意了，而我仅有的几件考究衣服，对教学来说又太正式了。

学校的优点在于，学生从小就被训练得遵守规则。他们来上课，一般都坐着，举止井然有序。你告诉他们去做什么，他们就会去做。我走进我的第一间教室，心怦怦直跳，汗流浃背，脑袋里回荡着各种恐惧和不安。我带了一大盒乐高积木，因为我想，如果没有其他可讲的，至少学生们可能会喜欢玩玩具。起初，他们似乎没有意识到我是他们的老师，我不确定他们的踌躇是因为我的身材、我的种族，抑或是我臆想之中的年轻外表。当我站在教室前面时，他们安静下来，意识到我就是老师。我点了名，紧张得两腿发麻，然后开始讨论教学大纲、课程性质和要求——按时上课、积极参与、按时交作业、不抄袭等。和学生们讨论一遍管理细节让我感到安心，但当讨论完教学大纲后，我不得不真正开始上课，这时我的焦虑马上又涌了回来。

当第一节课结束，学生们从教室里鱼贯而出时，我想要松口气垮下来，因为我在二十二个十八九岁的学生面前熬过了五十分钟的肥胖时光。然后我意识到，周三和周五，我还得重新再来一遍，一周又一周地贯穿整个学期。

我去上课。我教学生。我做研究。我试着交朋友，也确实交了，还取得了一点儿成就。每逢周末，我就去四十英里外的巴拉加，在那里的一家赌场打扑克。巴拉加是欧及布威族[①]的居留地，我和一些陌生人围坐在桌子旁，一心想要赢他们的钱，而且也经常赢。我还是睡得不多。我不停地吃，试图找到某种平静。

后来有一天，我去街对面的加油站买香烟，然后走回家。我头戴针织帽，身穿破烂的T恤和睡裤，看起来邋遢不堪。但希戈加油站里没有人在意我。我也不在乎。一个男人在我后面喊："嘿，赌场女郎。"我听到这句话后只想跑。我以为他是在取笑我，因为我早已习惯了人们——尤其是男人——走过时，从汽车里、自行车上喊出残酷的词语，让我确切地知道他们对我身体的看法。

然而事实并非如此。他跟着我来到我的公寓，上了楼梯，所以我迅速关上纱门，闩上门闩，盯着他。"你在赌场玩扑克。"他说。我不情愿地点了点头。我试图回忆有他在的场景，但毫无印象。他和我在城里看到的其他白人没什么两样——顶着一头蓬乱的深色头发，留着胡子，穿着法兰绒和牛仔布衣服，蹬着工作靴。"你总是在牌桌上胡说八道。

①北美的原住民族之一。

你想和我还有我的朋友一起出去玩吗？”他指着远处说。“绝对不行。”我告诉他，想让他走开，他却固执己见。我不确定他想从我这里得到什么，但我知道不会是什么好东西。也许他想让我去见他的朋友，这样他们就可以伤害我了。也许他想要钱。当他喋喋不休时，我把各种可能性都考虑了一遍。最后他说他要回去找他的朋友们，我关上门，心绪不宁。那天晚上我睡不着，盯着天花板，担心那个跟着我回家的陌生人。

他不断地回来，夜复一夜，总是敲门。当我终于走到门口时，他站在门廊上，隔着纱门和我说话，但从不试图进屋。最后我才明白他是想约我出去。我们去了附近的华美达酒店吃饭，那里的餐厅很差，但酒吧不错。他叫乔恩。他是个伐木工。他喜欢打猎和钓鱼。他喜欢湖人队。除了密歇根上半岛以外，他从未在别的地方生活过。

我总是对他的关注持怀疑态度，总是等待他展现真实而残酷的自我，但日复一日、周复一周，他都对我很好。他稳重可靠。他无视我不经意的讥讽，拒绝我任何想要把他推开的举动。他嗜酒，但他是一个快乐的酒鬼——那种因自己讲的笑话开怀大笑，面带微笑睡着的人。我戒烟是因为我年纪变大了，我意识到自己已经吸烟十八年了，必须至少试着足够爱自己，这样才能放弃这个可怕但令我钟爱不已的习惯。

我一直在上网，并开始为“巨人网页”[1]和《喧闹》[2]之类的网站写博客。我发现了社交网络。我又开始把我的作品发送到世界各地。乔恩把我在网上认识的每个人都叫作我“电脑里的小朋友”。有时周末，他会带我去他的营地，那是一个上半岛版的偏远湖泊小屋。那里没有互联网，也几乎没有手机信号。我不得不脱离虚拟世界的安全感，和他一起出现在现实世界中。他是第一个温柔抚摸我的人，即使我要求他不要那样做。他爱我，随着时间的推移，我意识到我也爱他。我们的关系很好，开心多于不开心。

后来，我的博士课程结束了。我在东伊利诺伊大学找到了一份教书的工作。我开始以作家的身份扬名。我完全有理由感到未来充满希望。乔恩和我就我们接下来要做什么交谈了无数次。他要我留下来。我内心的一部分也想留下来——只想安定下来，成为一名伐木工的妻子。但我内心更大的一部分想让他跟着我，因为我已经非常努力地工作了五年。我所取得的成就不是很多人都能取得的，其中黑人女性更是少之又少。我想相信我们的爱情故事。我等待着他做出我想要

① HTMLGiant，美国在线文学博客网站，刊载书评及相关访谈。

② the Rumpus，美国在线文学杂志，刊载访谈、书评、散文、漫画、原创小诗歌等。

的、也需要他做出的退让。我想要相信我值得这个退让。

在我即将离开密歇根上半岛的最后时光中，我和乔恩之间没有爆发什么激烈的争论。毕业后，他帮我搬往伊利诺伊州。我们去宜家买家具。他组装了书架和咖啡桌，检查了我新公寓门上的锁。我们用上百种不同的方式道别，却没有真正说出“再见”两个字。乔恩转身回家时，双眼通红。我也一样。我们保持着联系，有段时间，我们对彼此之间能发展成什么关系有一种真切的渴望。然而，那种退让之举始终没有出现。我又陷入了自我厌恶的熟悉状态。我谴责我自己。我责怪我的身体。

第三章

30

我常说，二十几岁是我一生中最糟糕的时期。因为事实的确如此。虽然一年又一年，我越来越像一个成年人，一切也都在好转。我收获了几个学位，找到了更好的工作。我试着修复和父母之间的关系，改善自己在他们眼中的形象，虽然缓慢，但我在行动。在“以前”，我是一个好女孩，所以我知道如何扮演那个角色。在亚利桑那州迷失了一年之后，一部分的我仍然愿意扮演好女孩的角色，这样，尽管我极度孤独，但我也许仍然可以和一些事情——工作、写作和家庭——联系在一起。

但是。

在我二十多岁时，我的个人生活是一场无休无止的灾难。我很少遇到对我表示出友好或尊敬的人。我是冷漠、蔑视和公然挑衅的避雷针，我容忍这一切，因为我知道我不配得到更好的。这种想法不是在我被毁掉之后，也不是在我继续践踏自己的身体之后才产生的。

我的友谊——广义上的友谊——是短暂而脆弱的，而且往往是痛苦的，人们通常想从我这里得到什么，而一旦得到了，他们就会离开我。我很孤独，所以我愿意忍受这样的关系。肤浅而脆弱的人际关系就足够了。它必须得是足够的，即使事实并非如此。

食物是我唯一的慰藉。独自一人在公寓里时，我会用食物来安慰自己。食物不会评判我，也不会要求我做什么。当我吃的时候，我只需要做自己。就这样，我的体重增加了一百磅又一百磅又一百磅。

有时候我感觉，好像某一天，这些体重就突然出现在我的身体上。起初我是八号身材，接着变成十六号，再变成二十八号，再变成四十二号。

在另一些时候，我能清楚地感知到每一磅肉聚积、附着在我身上。我周围的每个人也都非常清楚这一点。家人的担忧变成一片喋喋不休的唠叨。他们总是出于好意，但更多是在提醒我，我是如何在最基本的人类职责——维持体形上失败的。他们无情地问我该怎么解决我的“问题”。他们提供建议。他们付出严厉的爱。他们提出把我送到专业人士那里，送到水疗中心。他们对我进行经济刺激，给我新衣服和新汽车。他们会做任何事情来帮助我解决我的身体问题。

我的父母他们是出于好意。他们爱我。他们了解这个世界的本来面目，也知道像我这样体形的人会如何没有立足之地。他们知道我年纪越大，就越难以凭这种体形生活下去。他们担心我的健康和幸福。他们是好父母。我的父母也想去理解我——他们理智、聪明、务实。他们希望我的体重也是一个他们用解决其他问题的智慧就可以对付的问题。他们想知道，我是怎么让这一切发生的，是怎么让自己的身体变得如此庞大而失控的。我也同样想知道。

不止如此。他们还是我的私人“肥胖危机干预”小组。他们从我十四岁起就一直在积极探究我的身体问题。我爱他们，所以我能接受这一点，我有时优雅以对，有时也会不耐烦。直到现在，在我四十出头时，我才开始坚定自己的立场，在他们想要谈论我的身体时，告诉他们：“不，我不会和你们讨论我的身体。不。这是我的身体，我如何移动它，如何滋养它，与你们无关。”

曾经有段时间，每一次谈话都会包含一些对我体重的探讨。父母——尤其是父亲——会询问我是否在节食、锻炼或减肥，好像我整个人只不过是一大堆脂肪而已。但他们爱我。我这样提醒自己，如此，我就能原谅他们。

父亲对这一奋斗目标则更有激情。多年来，他送给我很多减肥方案和减肥书籍，尤其是奥普拉推荐的那些。有一年，父亲送的是理查德·西蒙斯的《一餐膳食计划》。他给我寄来减肥小册子。他曾劝我休学一段时间："你读那些学位对你没有任何好处，没有人会聘用你这种体形的员工。"他告诉我，"我只是在告诉你别人不会告诉你的事情"。但当然，他告诉我的，是无论我走到哪里，这个世界都在告诉我的事实。当他在收音机、电视、机场等任何地方听到一种新减肥药或一档新减肥节目时，会马上打电话给我，问我是否听说过，他希望那会是解决我身体问题的灵丹妙药。他对战胜自己身体以后的我寄予厚望。他的希望使我心碎。

母亲则比较隐晦，她主要担心我的健康。她经常和我讨论肥胖所带来的健康隐患——糖尿病、心脏病和中风。她担心如果我患上一种可怕的疾病，看护工作将落在她的肩上，而她将无法胜任这项工作。

弟弟们也很关心我，我知道他们也很担心，但他们是我的弟弟，所以不会在减肥方面给我压力。他们维护我，却也让我苦恼。他们有一首歌，叫作《"巨大"之歌》。我大弟喜欢用它为我唱小夜曲。"当我说'巨大'时，巨啦啦啦啦。"他会尖叫，然后大家都会笑，因为这——哦，太有趣了。在我十几岁时这其实并不好笑，现在依然不好笑，但它在家里一直流传至今。我经常因为他们唱这首歌而发怒。我的身体不是一个供玩笑或娱乐的对象，但我想，对很多人来说，它是。

家人不断施加的减肥压力让我变得很固执，尽管这样真正伤害到的人仍是我自己。这些源源不断的压力让我拒绝减肥，我以此惩罚这些声称爱我却不接受我真实状态的人。对我来说，淹没在家人的一片担忧中，容忍别人对待我的恶劣方式，忽略我再也不能在普通商场、莱恩·布莱恩特[1]甚至凯瑟琳买到衣服的事实，已经变得很容易了。我开始怨恨，因为所有人唯一想关注的就是我的身体，而我的身体总是不守规矩，令人失望。我彻底关闭了自己。我开始走过场。我学会了如何忽视父母、弟弟，以及街上的人。我学会了如何在脑海中生活，在那里我可以忘掉那个拒绝接受我的外在世界，可以屏蔽掉那些我无法忘记的男孩，不管我和他们之间相隔多长时间，相距多远距离。

多年来，有三个我同时存在：我自己，我眼中的也是我脑海里的女人，以及背负着我超重身体的女人。她们不是一个人。她们不可能是一个人，否则我不可能活到今天。

①和后文的凯瑟琳同属美国大码服装品牌。

31

当你超重时，你的身体在很多方面会成为一个公开记录。你的身体不断被显眼地展示出来。人们把假想的故事投射到你的身体上，对你身体的真相丝毫不感兴趣，不管这个真相可能是什么。

脂肪，就像肤色一样，是你无法隐藏的东西——不管你穿颜色多么深的衣服，多么努力地避免横条纹。你可能会变得非常善于扮演壁花[①]的角色。你也可以学习成为聚会中的中心人物，这样大家就会忙着取笑你或者和你一起笑，从而无暇顾及你的庞大身体。你需要做任何必须做的事情，以求生存在这样一个吝于对你这般的身体给予耐心或同情心的世界。

无论你做什么，你的身体都是与你家人、朋友和陌生人聊天的主题。当你体重增加、减轻，或保持着令人无法接受的体重时，你的身体会受到指摘。人们很快就会向你提供有

① Wallflower，舞会中没有舞伴而坐着看的人。

关肥胖危险的统计数据和信息，仿佛你不仅肥胖，而且对你身体的现实以及这个对你身体极不友好的世界抱以难以置信的愚蠢、无知和妄想。这些评论经常以关心的口吻表达，因为人们只关心你的最大利益。他们忘记了你是一个人。你就是你的身体，仅此而已，你的身体就应该变得该死的小。

32

流行病是不断蔓延的传染病。这是人类传染病不可阻挡的前进方向。纵观历史，有许多传染病——麻疹、流感、天花、黑死病、黄热病、疟疾、霍乱——但根据无数的新闻报道，没有一种传染病像肥胖症那样致命和普遍。你的症状不是发烧、脓包渗漏、腺体肿胀或病变，而是腰围粗大和体重超标。肥胖的身体是过量、颓废和虚弱的表现。肥胖的身体是大量感染滋生的温床。肥胖的身体是一个失败的战场，意志力、食物和新陈代谢大战其间。在这场战争中，你是最终的失败者。

几乎没有哪一天，人们不会发新文章讨论肥胖症这一危机，这在美国尤为突出。这些文章往往严厉而危言耸听，充斥着对受此流行病折磨之人的错误关切，以及对生命深沉真诚的关切。哦，这让医疗保健系统承受了多么重的负担！这些文章如此哀叹。这类文章最终总结道：肥胖正在杀死我们所有人，并会让我们损失一笔无法接受的财富。

当然，在一片疯狂的恐慌中，这些文章尚存一丝真理，但是同时，文字里还有恐惧，因为没有人想被肥胖症感染——主要是因为人们知道他们自己如何看待、对待和考虑肥胖的人，所以不希望这样的命运降临到自己身上。

33

作为一个胖女人，我经常看到我的存在被简化成统计数字，仿佛有了冰冷生硬的数字，我们的文化就能理解饥饿会变成何种模样。根据政府的统计数据，肥胖症每年造成一千四百七十亿美元至两千一百亿美元的损失，不过，研究人员如何得出这个令人触目惊心的数字，对此目前还没有明确的说明。肥胖症带来了哪些损失？研究人员并未触及这一问题。重要的是，肥胖症是昂贵的，因此这是一个严重的问题。肥胖人士是资源的消耗者，他们过盛的身体需要医疗保健和药物治疗。许多人表现得就像肥胖人士直接把手伸进了他们的钱包，其他人的肥胖症已成为他们个人财务底线上的负担。

统计数据还显示，34.9% 的美国人肥胖，68.6% 的美国人肥胖或超重。“超重”和“肥胖”的定义通常含糊不清，被 BMI 或其他各种指数的武断衡量标准所模糊。最新数据显示，肥胖症最近已经跨越了大西洋，成为一种快速蔓延的全球性流行病——现在许多欧洲人也卷入其中。最重要的是肥胖人士太多了。必须以任何必要的手段制止这种流行病。

34

在流行文化中，很少有哪个领域比电视真人秀更关注肥胖问题，而电视真人秀的焦点通常刺激而夺人眼球，往往也很残忍。

《超级减肥王》是资本主义和减肥产业链的可怕结合。表面上看，《超级减肥王》是一档关于减肥的电视节目，但实际上，它是一种反肥胖宣传，它为节目内外那些身体不守规矩、体重超标的人实现愿望。这个节目让电视前的观众不用做任何实事便能受到鼓舞。而观众一旦受到鼓舞，他们便可以在家中参与进来，并感觉自己以某种简单的方式成了节目的一部分。与此同时，他们也满足于看着胖人们一周周地变得不那么胖，为二十五万美元而竞争。

我如饥似渴地看了《超级减肥王》的前几季。这个节目为胖女孩们提供了终级幻想——去“牧场”几个月，在魔鬼教练的高压训练、颇具风险的低卡路里摄入、真人秀节目制作人的操纵及电视摄像机的不停监视的合力作用下，你能减去自己减肥时从来减不掉的重量。

在看最初的几季时，我经常拿参加试镜的想法开玩笑，但实际上，我是不可能参加的。我太害羞了。我会远离网络。没有音乐我就无法锻炼。如果吉利安·迈克尔斯对我尖叫，我会罢工，或者像个婴儿一样哭，或者掐死她。当时我是一个素食主义者，我因自己不吃 Jennie-O 牌火鸡而担心，这是该节目通过植入式广告无耻兜售多年的产品。对我而言，参加这个节目是不可能的，无论当初还是现在。

然而，《超级减肥王》播出的时间越长，就越让我感到心烦意乱。肥胖人士和医学专家不断展开羞辱，他们利用一切机会吹嘘这些肥胖参赛者离死有多近。教练们拥有无懈可击、难以置信的完美身材，要求那些无论出于何种原因无法与自己身体健康相处的人做到完美。选手们用非人的方式强迫自己——哭泣、流汗、呕吐——显然是在清除自己身体上的弱点。这并不是一档提倡通过健身获得力量的电视节目，尽管它娴熟的营销手段会让你相信这一点。

肥胖是必须消灭的敌人，是必须根除的传染病，这才是《超级减肥王》真正的主题。这是一个提倡必须通过必要手段来规训不守规矩的身体的节目，通过训练，肥胖人士可能会成为更受欢迎的社会成员。他们可能会找到幸福，而根据节目，根据文化规范，只有瘦下来才能找到幸福。当我们观看《超级减肥王》和与它类似的节目时，我们实际上是在乞求一些超越我们自身的力量，“把这些过盛的身体都拿走吧，然后随心所欲地改造它们。”

随着节目戏剧性地揭晓第十五季冠军——蕾切尔·弗雷德里克森，观众们终于有了一个无懈可击的理由，对该节目及其做法表达自己无法隐藏的愤怒。虽然该节目早从二○○四年就开始播出了，并且一直在对减肥一事发表危言耸听的言论。

刚开始参加节目时，蕾切尔体重为二百六十磅[①]。而在她最后一次称重时，电视直播显示她的体重为一百零五磅，仅仅几个月就下降了百分之六十。在揭秘过程中，面对蕾切尔枯瘦的身体，甚至连教练鲍勃·哈珀和吉利安·迈克尔斯都目瞪口呆。她按照要求的方式来训练自己的身体，但显然，她训练过度了。我们现在知道，超级减肥王应该瘦身，但这也瘦太多了。人们评判身体的规则实在太多——常常无法言说，且处于不断变化中。

在后来的一次采访中，哈珀说：“我当时惊呆了。就是

①约合 117.9 公斤，下文减重后约合 47.6 公斤。

这个词。我的意思是，我们从来没有一个参赛者体重减到一百零五磅。”蕾切尔·弗雷德里克森的新身体在新闻媒体和社交媒介上引发了广泛讨论。她的身体——就像大多数女性的身体一样——立即成了一个公共文本，一个供人讨论的话语场，只是因为她减肥减得太过了，她对自己身体的惩戒太过了。

最近，几位参加过节目的选手对该节目提出了诸多指责。他们称节目制作人使用了强制脱水、严格限制热量摄入、鼓励使用减肥药等手段来帮助选手达到他们的目标，以便制作出更好看的电视节目。更糟糕的是，由代谢专家凯文·霍尔主导的一项针对某季节目参与者的医学研究发现：十四名选手中，有十三人在体重大幅减轻后，其新陈代谢一直在减缓。趋缓的新陈代谢即便没有使选手们恢复之前的体重，或让他们增长更多体重，仍使他们恢复了在节目中所减体重的一大半。研究结果清楚地告诉我们，减肥是医学界尚未克服的挑战。这当然不是真人秀节目所能克服的。因而我们许多人都在与自己的身体作斗争。

在蕾切尔隆重亮相后的两个月里，她的体重增加了二十磅，显然达到了一个人们更容易接受且仍符合规范的适度体重。她解释说，减掉这么多体重，是因为她想赢得二十五万美元的奖金，但我们这些否认自己、努力约束身体的人内心却更清楚：蕾切尔·弗雷德里克森所做的，正是我们对她的要求，也是我们许多人——如果能做到的话——会对自己提出的要求。

35

类似《超级减肥王》的减肥节目有很多。在《极度改造：减肥》中，节目组采用了一种略微现实些的方式来呈现显著减肥的过程：追踪拍摄一群胖子为期一年的“减肥之旅”。这里的教练比《超级减肥王》中的和蔼得多。我们看到了减肥过程中更多的真实挣扎，这些真正的减肥是无法为了取悦电视观众而巧妙完成并包装的。然而，这两档节目传达的信息是一样的——自我价值和幸福与瘦身密切相连。

有些节目则相当拼命。在《抢救身材大作战》中，为了能更好地与胖人客户产生共鸣，身材无可挑剔的教练开始增重。然后，他们必须再次减肥，以恢复他们自然完美的身材。节目记录了他们最初暴饮暴食的喜悦，之后不得不吃快餐变胖的明显痛苦，以及最后恢复完美健康状态后的持久满足感。总的来说，他们的节目所服务的客户是这种先悲后喜的增肥 – 减肥叙事的同谋。

科洛·卡戴珊是 E! 电视台《复仇的身体》节目的主持

人。她因为体重略超过一百一十磅而常常遭受通俗小报的折磨。在她的节目中，参与者通过减肥和塑身来报复那些曾经伤害过他们的人。这是一件很糟糕的事情。他们认为真正能解决宿怨的方法是变得更瘦更健康。这个节目预设的前提是：如果你很胖，那些伤害过你的人可能会对此幸灾乐祸。

在《沉重人生》中，病态肥胖的主人公们前往休斯敦，在那里，一位名叫尤南·诺扎拉丹的医生——通常被称为“诺医生”——给他们做了减肥手术。在这个节目中，肥胖被视为一种令人怜悯的现象。《沉重人生》陶醉于呈现那些被自己不守规矩的身体压倒的人的故事，他们常常不得不借助急救人员的帮助以走出家门，已经到了没有退路的地步。他们的身体让自己失望，让爱他们的人愤怒并远离。节目里的胖人食量大到让人震惊，而且经常遭受无法抚平的精神创伤。他们还患有许多生理疾病。从很多方面看，他们都像是一则则警世故事。看着她上气不接下气地走向邮筒。看着他陷在沙发里，吃着一袋油腻的汉堡。看着她挣扎着进出自己的车，而方向盘卡住了她的肚子。我们看着这些人处于他们最脆弱的境地，穿着不合身的超大号衣服——如果他们能穿上衣服的话。他们任由自己的肥胖到处蔓延，公然挑战传统，挑战我们的文化规范。

每一集都沿用同一个叙事模式——我们遇见该集的主人公，了解他的生活，了解他生活中看起来很悲惨的种种局限。然后他会去见诺医生，医生责备他和爱他的人让事情如此失控。病人及其家人显然使医生很苦恼。诺医生经常要求这些人先节食，每天只摄入一千二百卡路里的食物，这样就可以在术前减掉五十磅。然后诺医生开始做减肥手术，手术总是进行得很顺利，术后病人会去看心理治疗师，然后磕磕绊绊地尝试一种不同的生活和饮食方式。这个节目喜欢无端展示肥胖的身体，所有多余的、成堆的肉。手术清楚而直观，我们可以看到医疗器械在人体内把脂肪球推到一边，肥胖的身体在医疗手段的帮助下被治愈。借助医疗手段，节目为肥胖患者提供了救赎，或者至少提供了一个得到救赎的机会。每一集都试图以一种充满希望的方式结束，但有时，即使患者接受了减肥手术，他们的故事也没有走向皆大欢喜的结局，在这个节目的语境下指的是一个大刀阔斧改造后瘦了的身体。在这一点上，《沉重人生》道出了一些生活真相。

我讨厌这些节目，但显然我都看了。虽然它们时而激怒我时而令我心碎，而且常常揭示出我们所熟悉的痛苦经历——独自忍受孤独、沮丧，以及生活在一个无法容纳超重身体的世界中所产生的苦难，但我还是观看了。虽然我知道它们充满恶意且不切实际，但我还是观看了，因为某一部分的我仍然渴望得到节目所承诺给予的救赎。

36

不是只有电视真人秀节目才对体重如此着迷。如果你白天看了足够多的电视节目——尤其是在“女性频道”——那么你就会享用到没完没了的减肥产品和调理食品广告，这是一种规范身体的方式，但同时也会让一家又一家公司的小金库膨胀起来。这些广告快把我逼疯了。它们鼓励我们自我厌恶。它们告诉我们，告诉我们中的大多数人，我们的身体不如他们的那么好。他们给我们提供了最残忍的愿望。在这些广告中，女人们可以一边吃着让人恶心的食物来填饱肚子，一边保持着比例协调的苗条身材。画面中的女人面对脱脂酸奶和低卡路里零食流露出的喜悦是不足为信的。每次我看酸奶广告时都会想，*天哪，我真想那么开心。真的。*

把瘦等同于自我价值是一个强有力的谎言。这个谎言显然该死地令人信服，因为减肥行业日益兴盛。女人们持续努力使自己屈从于社会意志。女人们持续挨饿。我也如此。

在为慧俪轻体[1]代言的众多广告中的一则里，杰西卡·辛普森笑容灿烂地说："我马上就要开始变轻了。我马上就要变得开心了。"在为慧俪轻体拍摄的广告中，詹妮弗·哈德森尖叫着讲述她新获得的快乐，并分享了她是如何通过减肥——而不是，比如说，赢得奥斯卡奖——取得成功的。这只是众多减肥广告中的两则。这些广告把快乐等同于苗条，那么反言之，肥胖就等同于痛苦。

瓦莱丽·伯提内莉是珍妮·克雷格公司的女性发言人，二〇一二年她骄傲地展示了自己的"新身体"。虽然当时她减掉了四十磅，但后来体重又小幅反弹了。对于这一罪过，她的赎罪方式是参加巡回脱口秀，与肥胖之辱作斗争。当然，她最终会在巡回演出结束后回到健身房。据美国广播公司的新闻报道，她希望"在夏天之前恢复比基尼身材"。柯斯提·艾利也在那时重新回到了珍妮·克雷格的怀抱。"如果没有教练的帮助，我不认为有人能长期坚持下去。"艾利说。对那些曾经名噪一时又渴望重现昔日辉煌的女性来说，塑造努力减肥的公众形象是一个可行的退守之策。

对女性来说，这些令人欣喜若狂的减肥食品广告和名人

①慧俪轻体（Weight Watchers）和下文的珍妮·克雷格公司（Jenny Craig）都是美国的知名减肥中心。

减肥代言都是为她们准备的，当她们吃对的食物，遵循对的食谱，支付对的价格时，她们就能拥有一切。

在我们的文化中，渴望减肥被认为是女性的默认特征，这意味着什么？

37

在我生命的绝大部分时间里，奥普拉·温弗瑞一直是一个在公开场合与自己的体重作斗争的文化偶像。在我生命的绝大部分时间里，我也在与体重作斗争，但幸运的是，我远离公众的视线。当奥普拉体重减轻时，她庆祝胜利。当她体重增加时，她哀叹失败。一九八八年，在她的脱口秀节目红极一时的节点，她通过流质饮食减掉了将近七十磅的体重。她拉着一辆装满动物脂肪的鲜红色平板拖车走上舞台。她容光焕发，头发高高梳起，穿着黑色高领毛衣和紧身牛仔裤。她对这样的一堆脂肪表现出厌恶，竭力想把袋子从拖车上拿下来。她在为自己曾经肥胖而赎罪。

正是这个女人曾经给我们带来了“过最好的生活，做最真实的自己”的理念。然而。二〇一五年，温弗瑞斥资四千万美元收购了慧俪轻体百分之十的股份。她为该品牌代言了众多广告，在其中一则里，她说：“让我们在今年塑造出最好的身体。”这意味着，当然，我们现在的身体不是我们最好的身体，绝对不是。令人吃惊的是，即使是六十岁出头的奥普拉，即使是已成为亿万富翁、世界上最著名女性之一的奥普拉，也不满意自己，不满意自己的身体。在不守规矩的身体之上，人们加诸的文化含义竟有如此广泛的危害——即使我们老了，即使我们取得了各种物质上的成功，我们也无法感到满足或快乐，除非我们同时身材苗条。

在一则广告中，奥普拉面露喜色，她告诉我们，二〇一六年她每天都吃面包，而世界依然正常运转。她还在别的广告中大喊："我爱薯片！"而在另一则广告中，她一边做饭，一边夸耀她能吃到的所有意大利面。承蒙慧俪轻体的恩赐，她能够控制自己的身体，享受碳水化合物。还有一则鼓舞人心的广告，在其中她吹嘘自己减掉了四十磅，我想，这意味着她终于过上了最好的生活。

但是在另一则特别的广告中，奥普拉严肃地说："在每个超重女人的内心深处，都有一个她知道自己可以成为的女人。"这是一种流行观念，认为我们胖人内心深处都装着一个瘦女人。每次我看到这个特别的广告，我都会想，*我吃了那个瘦女人，她很好吃，但并不让我满意。*最真实的自我是一个像冒充者、篡夺者、私生子一样隐藏在我们肥胖身体里的瘦女人——贩卖这种想法是多么混蛋啊。

在这则广告中，奥普拉还谈到，体重问题绝不仅仅是体重问题，还意味着更多。这通常是事实。但是实现自我价值，或在对抗心魔的过程中完成情绪宣泄，这并不是奥普拉真正想强调的。相反，她是想告诉我们，我们的最终目标是通过节食逐渐成为那个内心深处更好（瘦）的女人。我们将拥有更好的身体，而她的商业帝国将继续壮大。

38

八卦杂志让我们不断了解知名女性的身体状况，以便我们能更好地跟上她们的步伐。人们追踪知名女性的体重波动，就像监控股票的涨跌。在她们所处的行业，身体就是她们的个人股票，是她们的市场价值在身体上的体现。当一个名人减肥成功后，她经常会被宣传在“炫耀”她的新身体，事实上，这是她唯一拥有过的身体，只不过减肥后的体形更容易被小报认可。当女明星怀孕生子时，她们的身体在孕期和产后都会受到严密监控——从挺着大肚子到生完孩子。当一位女明星有了孩子，她的身材就会被不厌其烦地追踪记录下来，直到她再次变回我们曾经认识的那个非常瘦的女人。

名人的身体为我们提供了一个无法达到的标准，尽管如此，我们仍必须为之奋斗。它们是在*励瘦*——鼓励变瘦。这些身体不断地提醒我们，我们现在的身体和经过适当训练后的身体之间差距悬殊。

知名女性明白瘦身背后的经济逻辑，大都愿意参与其中，她们会在社交媒体上晒出自己的自拍照，把脸颊往里收，让自己看起来更瘦。她们占据的空间越少，她们就越重要。

39

对于不守规矩的超重身体，人们自有一种分类方法，而对于不守规矩的超重女性身体，这种分类就更加具体了。作为一个胖女人，我已经非常熟悉这种分类，这是一套话语体系，被太多人用于讨论我的身体及其组成部分。

通常，在我们的文化中，胖女人可以有很多礼貌的称谓——大美女或者超大型大美女。她可以是圆的、有曲线的、胖乎乎的、圆滚滚的、丰满可爱的、“健康的”、重的、魁梧的、矮胖的、健壮的、厚的。而在不礼貌的人眼里，胖女人可以是猪、肥猪、牛、雪牛、胖子、飞艇、一团黏物、猪油屁股、猪油桶、肥驴、大猪、野兽、胖家伙、水牛、鲸鱼、大象、两吨笑料[①]，还有一大堆我不忍心分享的称谓。

---

①以上均为美国俚语中对胖女人的不雅称呼。其中，雪牛（snow cow）指一开始很迷人，后来发胖的女孩，称她们像牛一样能吃；飞艇（blimp）是指身穿鲜艳衣服的胖人；猪油屁股（lard ass）指胖且无用的人；猪油桶（tub of lard）指令人厌恶的油腻胖人；两吨笑料（two tons of fun）指能让男人开心的大块头女人。

说到我们的衣服，我们有大码衣服、加大码衣服、大号衣服或“女装”。

而具体的身体部位，或者叫“问题部位”，也有标签——肥胖阴部、腹部赘肉[①]、脚踝赘肉、大象腿、肥乳[②]、拜拜肉、软干酪大腿[③]、雹灾[④]、松饼肚[⑤]、副乳、背部脂肪、爱的把手[⑥]、浑身赘肉、游泳圈、双下巴、下腹部赘肉[⑦]、男人胸[⑧]、啤酒肚。

这些临床的、随意的、俚语性的、侮辱性的术语都是为了提醒胖人，我们的身体不正常。我们身体的问题如此之多，一个个都有了具体的名称。我们的身体被如此无情地公开解剖、定义和诋毁。

---

① gunt，gut-cunt 的简称，指腰部和阴部之间鼓起的赘肉。

② Hi Susans，此处或意指肥乳，俚语中“susans”有胸部的意思。

③ cottage cheese thighs，指胖女人大腿肥胖松软，像软干酪似的。

④ hail damage，指胖女人大腿和臀部的皮下脂肪团，会在皮肤表面形成大量凹痕。也指臀腿部出现的大量痘痕。

⑤ muffin tops，指女人穿紧身牛仔裤时自腰带上鼓起的腹部赘肉，像冒出纸杯边缘的松饼顶部。

⑥ love handles，指男子或女子腰两侧的多余脂肪，因做爱时可像把手般抓住而得名。

⑦ gock，解剖学术语，指肚脐以下、阴部以上区域的赘肉。

⑧ man boobs，通常指男性因肥胖而隆起的胸部。

40

拒绝是规训身体的一部分。我们想要，却又不敢要。我们拒绝某些食物。我们以锻炼来拒绝休息。我们以时刻警惕自己的身体来拒绝内心的平静。我们克制自己，直到达到一个目标，然后我们继续克制自己，以保持这个目标。

我的身体丝毫不守规矩，但我几乎拒绝了我想要的一切。在公共场所，尽管我实际上格外显眼，但我拒绝享用空间，试图把自己折叠起来，让自己隐身。我拒绝使用共用扶手，我怎么敢提这种不合理的要求？我拒绝进入某些我认为不适合我身体的空间——人群聚居地、公共交通、任何我能被看到或妨碍他人的地方。我拒绝在日常着装时选择鲜艳的颜色，坚持穿牛仔布制服和深色衬衫，尽管我衣柜里的衣服式样繁多。我拒绝呈现自己的某些女性特征，好像当我的身体不符合社会对女性身体的要求时，我便没有权利去呈现这些特征。我克制自己，不让自己有更温柔的感情——抚摸他人或被温柔地抚摸——仿佛那是一种像我这样的身体不配拥有的快乐。事实上，惩罚是我允许自己做的为数不多的事情之一。我拒绝展现自己的吸引力。我有吸引力——哦，我有——但我不敢表达，我怎么敢去想？我怎么敢吐露自己的需求？我怎么敢受这种需求支配？我拒绝了太多，但在我内心深处仍有许多强烈的欲望在跳动。

拒绝只会让我们想要的东西变得遥不可及，但我们仍然知道它就在那里。

在一次去洛杉矶的旅行中，我和我最好的朋友在旅馆的房间里喝酒。在一次愉快的聊天间隙，她抓住我的手，给我涂指甲油。几个小时以来，她一直威胁要这么做，而我却因为说不清的原因一直拒绝她。最后，我屈服了。她小心翼翼地把我的大拇指指甲涂成了可爱的粉红色，我的手在她的手里变得柔软了。她吹了吹，让它晾干，又加了一层指甲油。画完之后我们继续喝酒聊天。第二天，我坐在一架正飞速穿越美国的飞机上，目不转睛地盯着自己的手指。我不记得上一次感受到涂指甲油的那种简单快乐是什么时候了。我喜欢看到我的手指变成那样，尤其是我的指甲又长又漂亮，而且我没有再像往常那样咬它。突然，我感到有点儿不自在，我把大拇指塞进手掌，好像我应该隐藏我的大拇指，好像我没有权利感到漂亮，没有权利自我感觉良好，没有权利在自己明显未遵守规则成为一个少占空间的娇小女人时，承认自己是一个女人。

在我上飞机之前，朋友给了我一包薯片让我在飞机上吃，但我拒绝了。我告诉她："像我这样的人在公共场合不能吃这样的东西。"这是我说过的最真实的话之一。只有当我们之间的友谊如此深厚时，我才能说出这样的话。然后我对自己会对这种随大流的想法买账而感到羞愧。我对自己如此急迫地规训自己的身体感到羞愧。我对自己拒绝这么多东西后仍感觉拒绝得不够多而感到羞愧。

41

我恨我自己。或者社会告诉我，我应该恨自己，所以我想，至少这是一件我做对了的事情。

或者，我应该说，我恨我的身体。我恨自己懦弱无能，控制不了自己的身体。我恨拥有这副身体的感觉。我恨别人看待我身体的方式。我恨人们盯着我身体、对待我身体、评论我身体的方式。我恨社会把我的自我价值和我的身体现状等同起来，也恨消除这种偏见难度太大。我恨大家接受我的身体弱点竟有这么难。我恨我不能接受任何体形的自己，从而让那么多女人都感到失望。

但我也喜欢我自己：喜欢我的个性、我的古怪、我的幽默感、我的善良与刻薄，以及我狂野而深沉的浪漫气质；也喜欢我爱他人的方式和写作的方式。直到现在，在我四十多岁时，我才敢承认我喜欢自己，尽管我时常怀疑自己不该这样做。在很长一段时间里，我屈服于自我厌恶。我拒绝让自己享受许多简单的快乐，比如接受我是谁，接受我生活、爱、思考以及看待这个世界的方式。但是后来，我年龄渐长，不再那么在乎别人怎么想了。随着年龄渐长，我意识到我对自我的厌恶已经让我筋疲力尽。我意识到，我讨厌自己，部分原因是我认为这是别人对我的期望，好像憎恨自我是我生活在一个超重身体里应付的代价。试着把所有噪音拒之门外，试着原谅自己在高中、大学和二十多岁时所犯的错误，对自己为什么会犯这些错误多一些同理心。这样做要容易得多得多。

我不想改变我这个人。我想改变的是我的样子。在我状态较好的时候，当我觉得能够起身战斗时，我想去改变这个世界对我外表的反应，因为我清醒地知道真正的问题不是我的身体。

然而，在我状态糟糕的日子里，我忘记了如何将我的个性、我的真心，从我的身体中分离出来。我忘记了如何在这个残酷的世界里保护自己。

第四章

42

我不愿描写肥胖的身体，尤其是我自己肥胖的身体。我知道，将自己的身体袒露无遗，会让一些人感到不舒服。同时也让我自己不舒服。人们一直指责我充满自我厌恶，还怀有肥胖恐惧症。前一项指控是正确的，但我反对后一项指控。不过，我确实生活在这样一个世界里：人们极力容忍和鼓励他人公开仇恨肥胖人士。我是周遭环境的产物。

通常，我把那些因为我承认自己不喜欢当胖人而感到不自在的人称为“莱恩·布莱恩特型胖子”。他们仍然可以在莱恩·布莱恩特这样的商店买衣服，这家商店提供二十六或二十八码的大号衣码。他们比我轻一百五十或两百磅。他们知道胖人面临的一些挑战，但他们不知道特别胖的人所面临的挑战是什么。

需要明确的是，接受脂肪运动[①] 是重要且非常必要的，

①旨在消除人们对肥胖人群偏见的运动。该运动兴起于 20 世纪 60 年代，涉及美学、法律、医疗等各领域。

值得公开肯定。但我也相信，接受脂肪在某种程度上也意味着接受以下事实：我们中的一些人在与自己的身体形象作斗争，他们还没有达到一种无条件接受自我的平和状态。

我不知道在胖人群体里，适合我的位置在哪里。我知道并且经常读到全体形健康运动①和其他接受脂肪运动团体的信息。我钦佩他们的工作，赞许他们传递出的信息，他们的工作必要地匡正了我们文化中对女性身体和肥胖身体抱有的不良态度。我想被这些正能量的团体接纳。我想知道他们是如何做到的——如何去平复心态，接纳自我。

我也想减肥。我知道这样身材的我并不健康（不是因为我胖，而是因为我有高血压等等）。更重要的是，虽然我没有被“如果明天我醒来变瘦了，我会很开心，我所有的问题都会得到解决”一类的幻想所折磨，但我在自己这样的身材里感到不开心。

总的来说，我的自尊心维持在一个适度的水平。当和合适的人在一起时，我觉得自己强大而性感。对于人们怎么看我，我并非无所畏惧，但是尽管我有那么多恐惧，我还是愿意去冒险，我也喜欢自己身上的冒险精神。

---

①由接受脂肪运动的某些分支衍生而出。其支持者认为，节食等传统减肥措施关注点在于减重，因而并不能产生真正健康的结果。

我讨厌别人对待我、看待我的方式。我讨厌我那么显眼却又那么隐形。我讨厌自己在那么多想去的地方都显得别扭。我一直坚信，如果我不这么胖，情况就会改变。理智上，我承认这种逻辑有缺陷，但情感上，却不那么容易想明白。

我想拥有我所需要的一切，即便不是现在，也会是将来。或者，我很快就会拥有。有些时日，我感觉自己更勇敢了。有些时日，我觉得，终于觉得，好像丢掉一些自己累积起来的自我保护，我也同样可以过得很好。我不年轻，但我还没有老。我的生命还很长。上帝啊，我想做一些过去二十年从未做过的不同的事。我想自由行动。我想自由自在。

43

我对节食一事并不陌生。总的来说，要减肥，你需要少吃多动，这我理解。我能合理地节食，一次能成功好几个月。我限制自己摄入的卡路里量，并记录我吃的每样东西。当我第一次在父母的监督下开始节食时，我还在纸质日记本上记录。而在现在这个摩登年代，我用手机上的应用程序来记录自己的节食进程。我意识到，尽管某些减肥广告一直试图向我灌输些东西，但我的确不能随心所欲地吃任何自己想吃的食物。这是我们的文化痴迷于减肥而导致的残忍后果。我们应该限制自己的饮食，同时沉迷于我们可以随意吃喝的幻想中。是的，沉迷其中。这让人气愤。当你想减肥的时候，你不能随心所欲。事实上，这就是问题的关键所在。随心所欲地吃东西很可能会导致你体重增加。节食需要自我剥夺，每个人若能面对这一事实，节食就容易多了。当我节食时，我试着面对这个事实，但我并没有做得很成功。

总有那么一刻，当我的体重减轻时，我的身体感觉更好。我呼吸更顺畅。我行动更灵活。我觉得自己越来越小，越来越强壮。我按之前的方式穿衣服，它们开始变得松松垮垮。我吓坏了。我开始担心我的身体变得越来越脆弱，因为它变得越来越小了。我开始想象我可能会以各种方式受到伤害。我开始记起我曾以各种方式受到过伤害。

但是，我也尝到了希望的滋味。当我去买衣服时，我尝到了有更多选择的滋味。我尝到了在餐馆、电影院、候诊室能坐进座位里的滋味。我尝到了走进拥挤的房间或穿过购物中心，却没有人盯着我看，并对我指指点点或议论纷纷的滋味。我尝到了在杂货店购物时，没有陌生人把他们不赞成我吃的食物从我的购物车里拿出来或跑来给我营养建议的滋味。我尝到了摆脱超重身体这一现实的滋味。我尝到了自由的滋味。

然后我担心自己做得过头了。我担心我不能坚持健康饮食和适度锻炼，不能照顾好自己。不可避免地，我绊了一下，跌倒了，然后我就失去了自由的滋味。我失去了希望的滋味。我感觉很低落，像个失败者。我感到极度饥饿，然后试着去满足这种饥饿感，我可能会因此功亏一篑。之后我甚至更饿了。

44

我怀着美好的愿望开始每一天，希望生活得更美好、更健康。每天早上我醒来时，有几分钟时间，我会忘记自己的身体和自己的缺点。在这些时刻，我想，今天，我会做出对的选择。我会锻炼。我会吃小份食物。如果可能的话，我会走楼梯。在新的一天开始之前，我做好了充分的准备以解决自己身体的问题，我准备就绪，决心要变得比以前更好。但后来我下了床。我经常匆匆忙忙地准备开启新的一天，因为我不是一个早起的人，我要按好几次闹钟上的延迟按钮。我不吃早餐，因为我不饿，或者我没有时间，或者家里没有食物，这些都是不愿意好好照顾自己的借口。有时，我吃午饭——吃一个赛百味或吉米·约翰的三明治。或者两个三明治。还有薯片。还有一块或三块饼干。我告诉自己，这没有关系，因为我一整天都没吃东西。或者等到吃晚饭时，这一天就快结束了，我可以想吃什么就吃什么，我告诉自己，因为我一整天都没吃东西。

晚上，我不得不面对我自己和我所有的失败。在大多数日子里，我没有锻炼。我没有做出任何一个在每天开始时想做的对的选择。接下来发生的任何事情都不重要，所以我暴饮暴食，甚至想吃什么就开怀大吃。当我睡着时，我的胃翻腾起来，胃酸使胃灼热地燃烧，然后我想到第二天。我想，明天，我会做出对的选择。我总是把希望寄托在明天。

45

我经常在某一天，尝试为自己设定一些超越当天期待的目标：当我回家过感恩节或圣诞节时，或者在我去澳大利亚之前，或者在我下次见到我爱的人之前，我要减掉 x 磅。在我参加巡回售书之前，我要减掉 x 磅。在新学期开始前我要减掉 x 磅。在我去听碧昂丝的音乐会之前，我要减掉 x 磅。我设立了这些目标，然后做一些三心二意的尝试，但从来没有成功过，然后我进入了一种螺旋式恶化的状态——感觉自己像个失败者，永远无法变得更好，变得更娇小。

我把精心炮制的幻想和失望留给了自己。

46

我对运动的鄙视——现在是对锻炼的鄙视—— 一直纯粹而持久。跑来跑去、大汗淋漓，希望能从这份努力中得到一些好处——这些对我而言像是在浪费时间。当然，运动过后，我有许多感到焕然一新、强大而健康的时刻，但当我需要换上运动服去健身、散步或做任何需要移动身体的举动时，我很容易忘记这些时刻。

总体来说，我害怕锻炼，害怕跟锻炼有关的一切。但害怕之余，我又感觉自己很糟糕，因为我懒惰、毫无动力、完全缺乏自制力或羞耻心，因为理智上我知道锻炼对我有好处。锻炼是人体的刚需，而我对它的仇视态度令人遗憾。锻炼是减肥和健康的关键组成部分。我懂得其中的关系。

为了保持体重，你的每磅体重需要摄入十一卡路里。而为了减掉一磅脂肪，则必须燃烧三千五百卡路里。如果你是一个一百五十磅重的女人，那么三十分钟的有氧运动可以使你燃烧约两百二十卡路里；三十分钟的椭圆仪训练可以使你燃烧约两百八十卡路里；快节奏的跑步能使你每英里燃烧一百二十卡路里；快步走能使你每英里燃烧一百卡路里。当知道以我这种身材做同样的训练，所燃烧的卡路里会比一百五十磅重的女人多得多，我应该感到安慰。但是，唉，我并没有。

在我卧室的角落里放着我的卧式健身自行车。当我感到特别有动力减肥时，会每天骑一小时。这是一个流汗和补充阅读的好时间。我有一些哑铃，当我记起来时，就用来锻炼上肢。我还有一个大充气球，可以坐在上面做腹部锻炼和蹲坐等。我对与锻炼有关的事情并不是一无所知。我只是太懒了。

这些年来，我加入过无数健身房。我请过私人教练——虽然极不情愿——因为我讨厌被别人告知要做什么。尤其是，当一个苗条、健康、漂亮、每小时收我一大笔学费的人告知我要做什么时，我的仇恨就会激增。

我是“星球健身”的会员，不过我从来没有去过那里。基本上，我每个月捐出19.99美元，既捐给他们公司，也捐给自己的一个想法：如果我想锻炼，就可以走进美国任何地方的任意一家“星球健身”。

这些年来，我请过多个私人教练，因为我意识到或许专业人士可以帮我改善身体现状。目前，我的教练名叫蒂杰，是一个在印第安纳州土生土长的年轻人。他矮小精悍，身材惊人地健美。他的整个人生都无比健康。他真切地焕发着青春而健康的光彩，同时拥有一种仿佛坐拥整个世界的不竭热情。蒂杰极力主张将鸡胸肉作为蛋白质来源，将芥末作为佐料——芥末不含脂肪，而且热量很低。没有哪次锻炼他会不提及自己的饮食，这让我为他和他的味觉感到难过。我担心他对调味料、香料或其他任何能让食物变得美味的东西一无所知。

蒂杰似乎永远都不知道该如何理解我，因为我既不容光焕发，也不年轻，更不快乐。他总在我健身时表扬我，总是鼓励我。他不是那种试图击碎我灵魂的魔鬼教练。他真诚、善良又投入，我想我是他的包袱。我是他接手的项目。他就是这么高兴。他是“健康生活方式”的忠实信徒。在他这里一切都显得那么容易，但我气喘吁吁、汗流浃背又浑身酸痛。我们一起健身时，我想杀了他。我常常害怕自己随时会倒毙，当我上气不接下气时，心在胸膛里怦怦直跳。有时，当他让我做一些似乎远超我这庞大身躯能力范围的事情时，我想尖叫：“你没看到我很胖吗？”我曾经问过他这个问题，而他非常平静地说：“这就是我们在这里的原因。”我走向身旁的水瓶，畅快地喝着水，低声屏气咕哝道：“去你的。”

事实上，我经常骂他，而他却泰然自若。每节健身课，他都会增加一项练习，或者加强我们以前做过的练习。每次上完课，我都用橡胶般瘫软的腿跌跌撞撞地走向自己的车，不知道怎样才能鼓起下次再来的勇气。我坐在车里，有时长达十分钟，浑身是汗，一直喝水。我拍下自拍照发到色拉布[①]上，写下愤怒的言语，宣泄自己有多讨厌锻炼。当我在推特上分享这些自拍照时，人们会给予鼓励和建议，尽管这两样我都不想要。我只是在分享我的痛苦。我在寻求同情。

当我一个人去健身房时，我总是觉得所有眼睛都在盯着我。我尽量选择人少的时段去，一方面是为了保护自己，另一方面是出于自我厌恶。在健身房，我的自我意识会放大。积极地使用身体这件事让我觉得自己更加脆弱不堪。当然，我还会产生自我怀疑，一种我本不该在意的感觉萦绕心头——我不属于健身房，任何试图变得健康的尝试都是可悲的妄想。

我知道如何使用大部分设备，但当踩上跑步机或健身自行车时，我总是感到紧张，因为我觉得那些设备不适合像我这样的人。我讨厌别人看我的眼光，他们看到我这个胖子在

① Snapshot，一款由斯坦福大学学生开发的“阅后即焚”的照片分享应用。用户可以在应用上拍照、录制视频、添加文字和图画。

健身，会不请自来，上前给我鼓励，比如“好样的”“坚持下去”“加油，姑娘”。我不需要鼓励。人们对我出现在健身房抱有怎样的看法，我都毫无兴趣。我不需要陌生人的肯定。这些肯定很少表达真正的鼓励或善意，只是表达了人们对不守规矩的身体的恐惧。人们错误地借此来奖励一个“好胖子”的锻炼行为，在他们看来，这个人是在试图减肥，而不仅仅只是在做健康的运动。

当我在健身房时，我想独自一人去承受汗流浃背的痛苦。我想消失，直到我的身体不再是一个展品。然而，我不能消失。要么我必须优雅地面对这种不请自来的谈话，要么我必须去忽略它。如果我让自己失控，那么我将会释放出太多的愤怒。

47

很多年前，有一次我去健身房，看到我的锻炼器械卧式自行车中，六辆有五辆都被瘦得出奇的漂亮女人占据着。她们大多金发碧眼，在我到达之前刚刚占领了地盘。我环顾四周，想知道这是在拍电影呢，还是女生联谊会的集体锻炼时间到了。我无法推断出这些年轻女性恰恰在我选择健身时去健身房的确切原因，但很明显她们是一起来锻炼的。当我在健身房看到非常瘦的人时，就会变得非常愤怒。她们瘦，多半是因为她们经常健身，但这并不重要。在我看来，她们是在用骨感的完美身材嘲笑我。她们在炫耀自己的身体资本和自律能力。

她们在健身器材的电脑上编出最难的挑战等级，显得扬扬自得。她们平静的面部表情似乎在说："这并不困扰我。"她们的身体因覆了一层薄汗散发着光泽，并不是那种剧烈运动后沙砾般狂流的汗水。她们穿着可爱的小运动服——短裤非常短，与其说那是一件衣服，不如说更像是一种暗示；她们穿着肩上有镂空设计的窄吊带，为了尽可能多地暴露出她们的完美身体。她们知道自己坚持健身，拥有完美身材，并想让每个人都知道这一点。

那一天，我不得不使用我最讨厌的那辆自行车——最靠近有氧运动室和健身房入口的那辆，这样一来，当我汗流浃背、气喘吁吁或肌肉痉挛时，我就会被展示给每一个进出相邻两扇门的人。我骑上那辆车，给它设定了六十分钟，我知道四十分钟是我的极限，但给自己留了一些提升空间，如果那会儿我还有力气，我还想逼自己一把。我瞥了一眼我旁边的女孩。她已经骑了约两分钟的自行车。四十分钟过去了，我的双腿猛烈地燃烧着。我看着她，她也看着我。她一直盯着我，想知道我最终能坚持多久。

四十五分钟时，我又和我旁边的女生对视了一眼，我看到她的眼睛里闪着光。我知道发生了什么。她在挑战我。她在告诉我，不管我撑多久，她都会撑得更久。她不会被一个胖驴打败的。五十分钟时，我确信我的心脏病就要发作了。我头晕目眩，两腿发颤，但我宁愿死去，也不愿意输给那个年轻的后来者，那个轻佻的女人。五十三分钟时，她瞪着我，身体前倾，抓住自行车的把手。我把音乐的音量调大，开始随着节拍摆动我的头。五十四分钟时，她咕哝了一声，试图看穿我。最后，她停了下来，我听到她说：“真不敢相信她还在骑车。”她的朋友们点头表示同意。到了第六十分钟，我平静地停止了蹬车的脚步，剥掉了粘在皮肤上的衬衫，把自行车擦干净，缓慢地离开了健身房，因为我的双腿已经瘫软无力了。我试图表现出镇静和强大。我知道她在看。我一时沾沾自喜，得意扬扬。然后我走进卫生间，吐了起来，忽略喉咙后的苦味，拥抱着空洞的胜利。

48

我有很多朋友都是运动达人。我在社交平台上很活跃，因而经常看到他们发自己运动成果的照片。照片中，他们穿着短裤和安德玛衬衫，身材非常匀称，被汗浸湿的头发紧贴在脸上。他们欣然举着比赛号码。他们自豪地展示自己完成五公里、十公里、半程马拉松及全程马拉松获得的奖牌。还有些奖牌甚至来自更荒唐的比赛，比如国际障碍大赛、三项全能和超级马拉松。他们使用能在脸书和推特上自动发布运动进程的应用程序："我跑了六点二四英里。""我骑了二十四点五英里。"或者他们会亲自更新一则消息："刚爬了一座山，在山顶享受野餐。"在这些更新的照片里，他们容光焕发，充满活力。

他们对自己身体取得的成就感到自豪，这是人之常情。但在我最小气的时候，这些照片往往让我感到他们在扬扬自得。或者，坦白说，他们是在吹嘘一些我可能永远都不会知道的事情——我的身体不会带给我的那种个人满足感和成就感。当看到这些更新时，我会生气，因为这些人正在做我做不到的事情。我希望，我非常想，有一天从理论上能做成他们正在做的事情——即便由于我对运动或户外活动毫无兴趣，并不会真的去做这些事。我没有生气。我是在嫉妒。我妒火中烧。我想成为这个活跃世界的一部分。我非常非常想。我渴望的东西太多太多了。

49

我有一种远超估量的自我意识。在这个世界上，我总是强烈而持久地专注于自己的身体，因为我知道人们在看我时会看到什么，会怎么想。我知道我打破了某种不言自明的规则——女人应该成为什么样。

我对自己如何占用空间异常敏感。作为一个女人，一个胖女人，我本不该占据空间。然而，作为一个女权主义者，我被鼓励着去相信自己可以占据空间。我生活在一个矛盾的空间里，在这里，我应该试着去占据空间，但不要太多，不要用错误的方式——在这里，错误的方式是指与我的身体相关的任何方式。当我靠近别人时，我试着折叠自己，这样我的身体就不会侵扰别人的空间。我把这一点发挥到了极致。坐五小时飞机时，我会靠在舷窗上，把胳膊塞进安全带里，就好像在试图让自己的庞大身躯隐而不现。我走在人行道边上。在建筑物内，我紧贴着墙壁。当感到有人在我身后时，我会尽我所能地快走，这样就不会挡住他们的路，就好像我在这个世界上的权利比任何人都要少。

我对自己如何占用空间异常敏感，但我厌恶这样。所以当周围人对他们自己如何占用空间一无所知时，我会满腔怒火。我妒火中烧。我恨他们不用考虑该怎样占用空间。他们可以用任意速度自由行走。他们的四肢可以滑出扶手。不管在哪里，他们都可以磨蹭，可以舒展四肢或耸肩。令我感到愤怒的是，他们不需要对自己进行事后反思，也不需要花时间思考他们所填充的空间。他们轻而易举地占据了空间，让我颇感恶意满满，备受冒犯。

也许，我的自我迷恋也远超估量。不管我在哪里，我都想知道我站在哪里，我看起来怎么样。我想，我是这幢公寓里最胖的人。我是这个班里最胖的人。我是这所大学里最胖的人。我是这座剧院里最胖的人。我是这架飞机上最胖的人。我是这个机场最胖的人。我是这条州际公路上最胖的人。我是这座城市里最胖的人。我是这次活动中最胖的人。我是这场会议上最胖的人。我是这家餐厅里最胖的人。我是这座商场里最胖的人。我是这个小组里最胖的人。我是这个赌场里最胖的人。

我是最胖的人。

这是一句挥之不去、自我摧毁的咒语，而我无处可逃。

50

我害怕别人。我害怕他们可能看着我、盯着我、谈论我的方式，害怕他们对我说一些残忍的话。我害怕小孩。小孩天真无邪，拥有一种残忍的诚实，他们喜欢盯着我，大声谈论我，问他们的父母，有时甚至问我："你为什么这么大？"我害怕那些小孩的父母在试图恰当回应时生出的尴尬停顿。

这个问题我没有答案。或许我有，只是我没有足够的时间或风度来回答。

所以我害怕别人。我听到有人低声说粗鲁的话。我看到了他们的凝视、大笑和窃笑。我看到了毫不掩饰的公开厌恶。我假装没看见。我尽可能地把它们挡在外面以维持表面的平静，让我得以生活，得以呼吸。因为我的身体，我要处理的屁话清单冗长而无聊，坦白说，我已经厌倦了。这就是我们生活的世界。外表很重要，我们可能会说："但是但是但是……"但不是。外表很重要。身材很重要。

我很容易成为一个闭门不出的人，以躲开这个世界的残酷对待。大多时候，仅是穿好衣服离开家就会消耗我所有的力量和不少的勇气。如果不必教书或出差，我大部分时间都在说服自己不要离开家。我可以预约上门服务。我能凑合着用现有的东西。明天，我向自己保证。明天我会面对世界。如果是在后半周，就会有好多这样的明天，直到周一来临。我有好多明天用于欺骗自己，我有好多明天用来希望建造出更强大的防御体系，以面对这个残酷对待我的世界。

51

我有两个衣柜。一个里面放的是我每天穿的衣服，大部分是深色牛仔裤、黑色T恤，以及一些在特殊场合穿的正装衬衫。这些衣服掩盖了我的懦弱。我穿着它们时感到很安全。它们是我面对世界所穿的盔甲，相信我，盔甲是必要的。我告诉自己，我的全部所需只是这件盔甲。当我穿上我特有的“制服”时，感觉很安全，仿佛我可以在众目睽睽之下隐藏。我不再那么像一个目标了。我占用了一些空间，但我是以一种低调的方式占用了空间。这样，我不再那么像一个问题了，我不再那么像一个妨碍物了。这就是我对自己所说的话。

我的另一个衣柜占据了我储藏室的大部分地方，装满了我没有勇气穿的衣服。

我远没有人们认为的那么勇敢。作为一个以词句为武器的作家，我可以做任何事情，但当我必须把自己的身体带到这个世界上时，我却勇气不足。

我是个胖人。我身高六英尺三英寸。我几乎以各种方式占用着空间。我在人群中非常突出，但从内心里，我很想让自己消失。

但是我喜欢时尚。我喜欢穿彩色的衣服，喜欢剪裁及造型别致的衬衫，喜欢能凸显胸部的低胸装。我有各个尺码的精美休闲裤，我喜欢看它们摆在衣橱里，它们那么时髦，那么专业，那么不像我。我梦想身着半身长裙，或穿上一条布满明亮热烈条纹的超长裙。仅仅只是想到穿上一件无袖衣服，露出棕色胳膊，我的呼吸就已经急促起来。虚荣的烈焰在我胸腔里熊熊燃烧。我想看起来漂亮。我想感觉良好。我想在我现在的身体里变得美丽。

我的人生故事是追求、渴望我不能拥有的东西。或者，也许是追求我不敢让自己拥有的东西。

很多个早晨，大多数早晨，我站在衣橱旁，想要弄清楚自己今天打算穿什么。实际上，这不过是一场精心设计的疲累表演的一部分，这场表演的终局往往都一样。但我也有错觉，我相当频繁地以此为乐，充满惊人活力。我试穿各种各样的衣服，啧啧称赞自己的可爱服装。在我特别有勇气时，会看看镜子里的自己。看到自己脱下平常的衣服，看到自己的身体被裹在彩色衣裳里，或被裹在任何不是由牛仔和棉布制成的衣服里，总令我惊讶不已。

有时，我选定一套衣服，然后离开卧室。这是一个平凡的时刻，但对我来说却不平凡。我决定，今天，我是时尚达人，我看上去也是如此。我做早餐，或收拾东西去上班。我感到奇怪而不自在。转眼间，我便开始觉得这些陌生衣服令我感到窒息。我看到并感觉到每一个突兀的凸起和曲线。我的喉咙收紧。我无法呼吸。衣服收缩。袖子变为止血带。休闲裤变为枷锁。我开始感到恐慌。在我意识到之前，我已经把那些鲜艳漂亮的衣服撕下来了，因为我不配穿它们。

当我重新滑进“制服”时，那件安全斗篷又回到了我身上。我又能呼吸了。然后我开始恨自己无法约束我不守规矩的身体，恨自己面对他人目光时的懦弱。

52

有时人们试着给我一些时尚建议。他们说有很多适合大体形女孩的衣服。但他们指的是某种特定的大体形女孩。对于像我这样的超大体形女孩来说，适合我的衣服是非常少的。

买衣服是一种折磨。这只是胖人忍受的众多羞辱之一。我讨厌买衣服，已经持续多年了，因为我知道自己根本找不到真正想穿的衣服。统计数据告诉我们，肥胖在美国已经是一个大问题，然而，卖胖人衣服的服装店却屈指可数。在这些商店里，大多数衣服都很难看。

一般来说，我们可以去莱恩·布莱恩特、大道[①]或凯瑟琳。其他店铺——莫里斯、老海军以及其他各式百货商店——只提供少量的大码服饰。网上有大码服装供应商，但你得碰运气。此外，大多数这样的店里都没有适合超级肥胖人群的衣服。莱恩·布莱恩特提供的尺码一般都是二十八

①美国大码女性服装品牌，与莱恩·布莱恩特和凯瑟琳相似。

号，其他商店也大多如此。大道提供的衣服更宽大，但尺码也不超过三十二号。如果你的尺码比这个还大，譬如我，那么选择的余地就非常非常小了。时尚可不在这些选择之中。

男装也是一种选择，有时我就穿男装。在超级大码衣服领域，男人有着更多选择，因为大码男装经常出现在百货商店中。尽管如此，可供选择的服装还是相对较少，而且近年来，它们都被整合到了 DXL 旗下。

在二十多岁时，我更喜欢男装，因为这可以隐藏我的女性气质，我会感到更安全。但是男士的衣服往往不合身。它们的设计和剪裁并不适合女性的胸部、曲线和臀部。它们不是为了让女孩觉得漂亮而设计的。

由于可供选择的衣服太少，我充满了渴望。有太多事情我没法去做。商场购物一点儿也不好玩。我无法和朋友分享衣服。我的好朋友不能给我买衣服作为礼物。我翻阅时尚杂志，垂涎着我所看到的东西，但我知道，那样的美，就目前而言是我无法企及的。这些是微不足道的需求，但它们并非无关紧要。

在我常去的大城市，主要是纽约和洛杉矶，我越来越意识到自己缺乏时尚感，因为周围的人都穿得非常得体，穿着我想穿的那种衣服，要是我也能……

我很少觉得自己有吸引力、性感或者穿着考究。我几乎不知道穿我真正想要或喜欢的衣服是什么感觉。每当找到合适的衣服，我就会买，因为适合我的衣服太少了。我不喜欢图案。我不喜欢贴花。大码女孩衣服的服装设计师们从来都没有意识到这些。

我很生气，因为时装界完全不愿为更多样化的人体设计服装。

在十几岁和二十出头时，我经常和母亲一起去买衣服，我总能看出，她对于我不得不去那些店铺而感到悲伤。我看得出她渴望自己女儿能有个不同的身体。我看得出她的屈辱和沮丧。有时，她对我说："我希望这是我们最后一次不得不在这里购物。"我低声赞同。我也怀有同样的希望。但我也知道这不会是最后一次。我对她的话，对她对我的失望，对我不能成为一个好女儿，对又一件我不能拥有的东西——和母亲一起购物时的那种简单的乐趣——感到无比沮丧，无比愤怒。

几年前，我独自在一家服装店，想找几件好看的衣服。我想精心打扮，为一个爱我真实样子的人，为一个让我在乎自己外表的人，为一个教会我事无巨细关心自己的人。想要为某个人打扮自己是我的新想法，而我喜欢这个想法。

当我正在这家店寻找色彩绚丽的可爱衬衫时，一个年轻女人哭着从更衣室里走了出来。我不了解具体细节，但她很难过，而她母亲对待她的方式充满侮辱，令我也想当场哭泣，因为这样熟悉而痛苦的场景让我无法承受。胖女儿和瘦母亲之间的关系尤为复杂。

我曾经就是那个女孩。她太胖了，穿不下店里的衣服，只想寻找一些合适的衣服——任何合适的衣服——同时还要应付别人的评论。这些人是善意的，但忍不住会做出缺乏同理心的尖锐评论。服装店里的那个女孩是世界上最孤独的女孩。

我不是一个爱拥抱别人的人，但我想抱住这个女孩。我想保护她不受这个世界的伤害，这个世界对胖人太残酷了。而我却无能为力，因为我了解这个世界。我也生活在这个世界上。没有庇护所，没有安全地带，也没有逃避那些残酷目光和评论的办法。对于你过大的身体而言，座位太小了，一切都太小了。

但我跟着她来到更衣室，我告诉她，她很漂亮。她真的很漂亮。她点点头，泪水从脸上流下来。我们俩继续购物。我想撕碎她母亲的脸。我想打电话给我的家人，听听善意的声音。我想要某种东西将我从自我厌恶的漩涡中拉出来。我想烧掉这家商店。我想尖叫。

当那个年轻女孩和她母亲一起离开商店时，她仍然在哭泣。我止不住地想起她的脸，我太懂得她的眼神了，我懂得她是如何试图将自己折叠进一个如此显眼的身体里。她试图消失，但她做不到。不想要却又非常需要某件东西，这令人无法承受。

53

我从没想过自己会成为那种去文身的人。对此，我的家人当然不赞成，即使在最乐观的情况下，他们也要将文身视为犯罪的标志。但在“之后”，我不是一个好女孩，不需要再遵循从前的规则。我知道父母会被我吓坏，因为他们仍然坚持认为我还是之前的我。但我文身跟他们无关。文身是我自己想做的事，是我自己选择对我的身体做的事。

于是我在十九岁时有了第一个文身。我文了一个长着翅膀的女人。文身师一边和我说文身会很痛，一边用酒精擦拭我的胳膊，拿塑料剃刀刮掉我的汗毛，并把汗毛从皮肤表面扫下去。我等待着痛苦降临，却什么也感觉不到。我静静地坐着，看着墨水渗入我的皮肤。二十多年后，当我看到墨水的轨迹时，仍然能看到一个长着翅膀的女人，一个可以逃避任何她想要的东西，甚至是她的身体的女人。

不久之后，我又有了第二个文身，一个红黑色的部落图案，就在我左前臂的第一个文身下面。我多希望自己可以说，我想要文身是出于某种深远的意图，但并不是。我只是想控制我的身体（上面的标记）。

我承认自己心里很矛盾，一方面，我想要文身，另一方面我也想要隐身。文身会引起人们的注意。我的文身经常引发人们的话题。人们问我文身的原因和意义，而我给不了很好的答案。或者，更确切地说，我没有人们想听到的那种方便而简单的答案。

我最初的几个文身很小，是试验品。之后每一次，墨水都变得越来越大，在我的皮肤上扩散得越来越广。我喜欢文身这种行为。与其说这是设计，不如说是被标记的体验。我喜欢看文身师布置工作场地，摆放墨水、针、剃刀。

有了文身，我就能说，这些都是我为自己的身体所做出的选择，是我高声支持的选择。我就是这样给自己烙下标记的。我就是这样找回自己的身体的。

二〇一四年，当我在塔霍湖教授一个短期艺术硕士培训项目时，我又文了一个新文身，这是我近年来的第一个文身。在文身之前，我和作家科伦·麦凯恩、乔什·韦尔、朗达·婕拉尔坐在湖边的火堆旁。我不是在利用名人效应抬高自己的身价，我只是在陈述当场都有谁，因为我们几个在同一个项目里教书。科伦眨着明亮的眼睛，口音轻快地问我：

“所以你为什么要文身？”这是我经常被问到的一个问题。这个问题略有侵犯性，但当你用黑色墨水公开标记自己时，你就会招来这种侵犯。人们想知道原因。我们想越界。包括我本人在内。我想我们也没办法。我告诉科伦我这样标记自己身体的原因，也说明了我至少得有一些手段来控制自己的皮肤，这对我而言意味着什么。

现在，在我人到中年之际，如果我不得不重新来过，我会用不同的方式来做事，但我仍然会去文身。

时而，我迫切地想得到一个新文身。我迫切地想以一种几乎不被允许的方式与自己的身体联系在一起。我迫切想要以那种非常具体的方式被人触摸：文身师抓着我身体的某部分，戴着乳胶手套的手拿着工具（确切地说是武器），把一套针一遍遍刺进我的皮肤，于是柔韧的皮肤变得越来越柔软。

接受文身意味着接受某种程度的服从，所以我显然很喜欢这种被控制的屈服感。我喜欢这种把自己的身体交给一个陌生人几个小时的服从感。我喜欢这种痛苦，它不是剧痛折磨，而是不可思议的恼人的持续疼痛，伴随着文身枪无休止的鸣叫，永远标记着我。那个在塔霍湖给我文身的家伙，向我宣示了他的主导地位。他明确表示自己是一个男权主义者。当他完成文身工作时，一字一顿地说：“我是个男权主义者。”我尽全力克制住了自己翻白眼的冲动。

在文身过程中，疼痛是持续的，有时会持续数小时，但人们的痛感不尽相同。在这件事上，我的感受不值得信任。我并不像大多数人那样感知痛苦，换言之，我的忍耐力很高。可能太高了。但是文身的痛苦是一种你不得不向之屈服的东西，因为一旦开始文身，就无法真正回头，否则你就会在身上留下一些永久的半成品。我享受处于不可挽回的情境中的感觉。你必须允许自己承受这种痛苦。你选择了这种痛苦，在它结束时，你的身体将会不同。也许你会感觉自己的身体更像是自己的。

我超重。我希望自己不要一直这样，但目前，这就是我的身体。我已经习惯了。我试着少有一点儿羞愧感。当我用墨水在自己身上做标记，或者被别人这样标记时，我是在把自己的一部分皮肤夺回来。这是一个漫长而迟缓的过程。这是我的堡垒。

54

告诉你我身体的故事就是告诉你有关羞耻的故事——我为自己的外表感到羞耻，为自己的懦弱感到羞耻，为明知我有能力改变自己的身体，却年复一年没有做出改变而感到羞耻。或者说，我尝试改变——我确实行动了。我正确地饮食。我认真锻炼。我的身体变小了，我开始感觉它更像是我自己的身体，而不是我随身携带的一笼子肉。就在这时，一种新的恐慌涌上来，因为人们开始用不同的眼光看待我。我身体的变化成了另一个引发讨论的源头。我有了更多穿衣选择，一条小得多的裤子滑过我的双腿，一件衬衫轻松地覆在我的双肩上，这些时刻令我陶醉不已。虚荣心在我的胸腔深处无限膨胀。

此时，我看到镜子里的自己变窄了，变得棱角分明了一些。我认出了那个我本可以、本应该、本可能、也想要成为的自己。那个版本的我令人恐惧——即使可能很美——所以我感到恐慌，并在几天或几周内清空了自己取得的所有进步。我不再去健身房，我停止正确的饮食，直到我再次找到安全感。

我们大多数人都有让我们感到恐惧的其他版本的自己。我们拥有不知道该如何应对的不完美的身体。我们怀有难以启齿的羞辱。因为展现真实的自己，不多也不少，是一件太过分的事情。

忍受羞辱是件困难的事。人们当然想因肥胖而羞辱我。当我走在街上时，男人们从车窗里探出头，冲着我喊一些粗俗的话，说他们怎么看待我的身体，说我那不符合他们目光、喜好和欲望的身体如何令他们大倒胃口。我尽量不把这些男人当回事，因为他们真正想说的是："我对你不感兴趣。我不想和你上床，你这副样子让我置疑自己的男性气质、权利和社会地位。"用身体取悦他们不是我的分内之事。

然而，当人们如此公开、如此猛烈地提醒我某些人是如何看待我时，我的感受让我很难去坚守自己所相信的东西。我很难觉得自己不是问题所在，很难觉得我不应该尽一切努力去确保将来不会受这类男人嘲笑。

人们对胖人的羞辱是真实而持续的，并且相当尖锐。数量惊人的人们相信，他们可以简单地靠折磨胖人来逼他们去减肥，逼他们规范自己的身体，或干脆让自己的身体从公共领域消失。他们相信自己是医学专家，还列出一连串和肥胖有关的健康问题进行公开羞辱。这些施虐者指出显而易见的事实——我们的身体是不守规矩、反叛、肥胖的——但他们被这所谓的正义蒙蔽了。这是一种奇怪的由公民意识驱使的残忍行为。当人们试图因为肥胖羞辱我时，我感到愤怒。我变得固执。我想让自己变得更胖，以对抗那些无耻之徒，尽管我真正刁难的人其实是我自己。

55

我充满了渴望，我充满了嫉妒，我的嫉妒大都非常可怕。我看了《夜线》[①]的特别报道，节目曝光了饮食失调的恐怖。我病态地痴迷于这些节目和它们选取的人类对象。在那些厌食症女孩瘦削的脸庞和瘦骨嶙峋的身体里，有一种让我既着迷又反感的东西。我想知道是什么维系着她们的身体。我羡慕她们的肉紧贴她们脆弱的骨头。我羡慕她们的衣服无精打采地挂在她们身上，仿佛它们不是被人穿着，而是飘在空中，像一件真正的笼罩着光环的法衣，作为变瘦的奖赏。节目里，记者带着轻蔑的口吻谈到了这些女孩所经历的严格锻炼、绝食以及她们对自己身体的迷恋。不过，我还是很嫉妒，因为这些女孩有毅力。她们有决心为拥有自己想要的身体而努力。我忽略了她们稀疏的头发、腐烂的牙齿，以及溶解成糊状的内脏器官。反之，我格外关注她们的身体，正如

① Nightline，美国广播公司的一档夜间时政类节目。

人们格外关注我的身体一样。我告诉自己，很快我就会成为那个只吃了一块咸饼干就说吃饱了的女孩。我将成为那个穿着超大号衣服、在健身房待上几个小时的女孩。我将成为那个小心地将手指伸进喉咙以清除多余卡路里的女孩。当我牙齿变黄、头发脱落，而身体终于开始变得更容易被人们接受时，我将成为那个人人又恨又爱的女孩。直到我的身体枯萎、消失，不再占据空间。

不知怎的，我从来没有成为那个女孩。然后我恨自己想要得到如此可怕的东西，我对这个憎恨我身体的世界感到愤怒，对自己的身体如此显眼可见感到愤怒，对这个世界迫使太多女孩和女人尽全力试图消失而感到愤怒。我的愤怒通常是沉默的，因为没有人想听胖女孩讲述自己占了太多空间、却仍然找不到立足之地的故事。人们更喜欢那些过瘦女孩的故事，她们绝食，锻炼过度，脸庞苍白而瘦削，能在光天化日之下隐匿不见。

56

即使不饿，我也经常感到饥肠辘辘。在糟糕的日子里——我有很多糟糕的日子——我吃得很多。我告诉自己我没有这么做。我告诉自己，我没有整天坐在那里吃糖果或奇多薯片。真的。我不在家里存放垃圾食品。我没有吃垃圾食品的习惯。但是后来我对某种食物产生了迷恋，我吃啊吃啊吃，连续吃了好多天，有时连续吃好几个礼拜，直到我感到厌倦。我猜，这是一种强迫症。

当我吃饭时，我没有控制分量的意识。我是一个求全主义者。如果食物在我的盘子里，我就必须把它吃完。如果炉灶上还有食物，我也必须把它吃完。我很少留下剩菜。起初，这种感觉很好，我细细品味着每一口，整个世界悄然隐去。我忘记了自己的压力，以及自己的悲伤。我所关心的只是嘴里的味道，只是吃东西带来的非凡快乐。我开始觉得饱了，但我忽略了那种饱腹感，于是它就消失了。这时，我感到的只剩下恶心，但我仍然在吃。当我把所有食物都吃完后，我不再感到舒服。我感到的是内疚和无法控制的自我厌恶，而通常，我会找些别的东西来吃以缓解这些感觉，还很奇特地将此作为一种惩罚自己的方式——让自己感觉更恶心，这样下一次，我可能会记得，当我过度放纵时，我的情绪有多低落。

但我永远也记不住。

这就是说，我明白饱腹时仍感到饥饿意味着什么。我父亲相信饥饿存在于思想之中。但我不这么认为。我知道饥饿存在于人的思想、身体、心灵和灵魂之中。

57

我有慢性烧心症[①]，因为我以前吃完东西后经常给自己催吐。有一个词形容这种行为：贪食症。但是用这个词来形容我自己，总让我觉得奇怪。有一段时间，我确实想试着成为我羡慕的那个女孩，那个能训练自己变得饮食失调的女孩。我告诉自己，我并没有尝试那么久。但这并不真的是事实。我给自己催吐催了大约两年，虽然不是很久，但时间也足够长了。或者，也许我不想用催吐这个词，因为那是很久之前的事了，这绝对不是事实。大约四年前我停止了自我催吐。有时，我会复发。有时，我只是想清理掉我身体里所有的食物。我想感到自己空空的。

很久以前，我想感到自己空空的，于是开始净化身体。我想感到自己空空的，但我也想充实自己。我不是青少年，甚至也不是二十几岁的年轻人。我三十多岁了，最终发现了

①因胃酸使胃部或胸部产生灼热感的病症。

训练自己变得饮食失调的方法。第一天晚上，我想要一大份肋眼牛排，三分熟，配上冷生菜、沙拉酱、油炸面包丁和奶酪。我在杂货店里找到了两块雪花纹清晰的厚肋眼牛排，又买了一包双层奥利奥。像一个真正的现代女性那样，我上网查询。我花了些时间学习如何暴饮暴食和自我净化，对自己发现的信息既着迷又震惊。我了解到在排便之前喝大量的水很有用，而在暴饮暴食之后，应该先吃胡萝卜，这样就能直观地知道何时能把吃的东西都排完了。我了解到巧克力的味道是最糟糕的，因为它会反上来（这最终被证明是绝对正确的）。我知道我的手指可能会被牙齿咬伤，而且胃酸会灼伤我的指关节（这些也都是真的）。

当我觉得自己准备得足够充分时，我就开始做晚饭，一想到自己想吃什么就能吃什么而不会有什么后果，我就兴奋不已。我确信这就是我的梦想。我吃了所有的食物——所有牛排、一份超级沙拉和一包饼干。我感到胃疼、胃胀、恶心，从来没这么难受过。我不想等太久，所以直接冲到厨房的水槽那里，灌下三杯水，盯着铝盆，把两个手指伸进喉咙。我没捅几下，就很快开始呕吐。我的眼睛充满泪水。然后我吐出了自己刚才吃的所有东西。吐完后，我打开水龙头和垃圾粉碎器，我所做一切的明证在我眼前慢慢消逝。这一次，我吃完后没有感到羞愧。我感到自己棒极了。觉得一切尽在掌握之中。我不知道自己为什么过了这么久，才想到尝试净化身体。

当你很胖时，没有人会注意到你饮食失调，抑或他们会用另一种眼光来审视你的饮食失调，抑或他们会直接看穿你。你得在众目睽睽之下躲起来。我在一生的大部分时间里，都在以这样或那样的方式隐藏在世人面前。而下决心不再那样做，希望自己能被人看见——这很困难。

我以前不胖，之后我让自己变胖。我想让自己的身体变成笨重而难以穿透的一团。我不像其他女孩，我告诉自己。我可以吃自己想吃的一切食物，也可以吃她们想吃的一切食物。我是如此自由。我在自己建造的监狱里自由自在。

随着年岁渐长，我继续不停地吃东西，只为把监狱的墙高高垒起。这是项超乎想象的大工程。之后，我和一个很优秀的人谈着很棒的恋爱，我即将完成我的博士学位，我的生活也整装待发，我想我可以找到一条路，走出我所建造的监狱。

但我们失去了彼此，这挫伤了我。我想责怪某件事或者某个人，所以我责怪我自己。我责怪我破损的身体。我的医生并没有劝阻我——这本身就是一种地狱——你对自己最大的恐惧被一个有资格做出相关判断的医学专家证实了。

我的身体是罪魁祸首。都怪我。我需要改变自己的身体，但我也想吃，因为吃是一种安慰，我需要安慰，但我拒绝向那个可以为我提供避难所的人求助。这是我早就清楚知道的事情。以前，我经常开玩笑说我不是贪食症患者，因为我无法强迫自己呕吐。但当我真正想做某件事时，我就能做成。我学会了如何让自己呕吐，然后我变得非常擅长给自己催吐。

我很胖，所以我藏在众目睽睽之下，又吃又吐又吃。我非常正常，我很好，我告诉自己。一天，我男朋友发现我在浴室里。那时，我正弓身趴在马桶上，双眼通红，流着泪。那是一个污秽的场面。“滚出去。”我平静地说。此后数月，我对他，对任何人，都寡言少语。

他抓住我，把我拉起来，摇着我说：“这就是你在做的？这个？”我只是盯着他看，因为我知道这样会让他更生气。我想让他更生气，这样他就会惩罚我，而我就能停止自我惩罚。他应该惩罚我，我想以此来赎罪。他过去是一个好人，现在仍然是，所以他不会给我我想要的。他松开手指，放开我，从浴室里退了出去。他一拳打穿墙壁，这只会激怒我，因为我想让他一拳打穿我。

从那以后，他就努力不留下我一个人独处。他想把我从自己体内救出来。哈！哈！哈！我好多了，我告诉他。我受够了，我告诉他。我想我是好多了。我是好多了，我把自己在做的事情藏起来了。他不可能到处跟着我。我学会了如何保持安静。我们的关系变得更好了，变得比以往任何时候都要好，然后我毕业了，我搬了家，他没有跟我一起走，最后我终于一个人住了，可以做任何自己想做的事情。我是一个技艺高超的专家，所以我比以往任何时候都更轻松地隐藏在众目睽睽之下。

在新的城市里没有人真正认识我。我有“朋友”，但他们不会到我的公寓里来，也不会跟我熟识到能发现我身上的反常之处。当我们一起出去吃饭时，朋友们会无意中提到我总是在饭后去洗手间。“我的胃不舒服。”我礼貌地为自己辩解。这句话半真半假。

很快，我就自食恶果。这和一个男人有关。有一次他发现我正在呕吐，他说：“我很高兴你在解决这个问题。”对他来说，真正的问题是我的身体，他从不让我忘记这一点。他惩罚我，而我喜欢被他惩罚。终于，我想。终于。他无情地批评我，给我“忠告”，这只会提醒我，我身体上的一切毛病的确都是我的错。“你为什么要跟这个混蛋在一起？”许多人——朋友们，以及在公共场合看见我们在一起的陌生人——都问道。和他在一起的时间越长，他越让我感觉糟糕，却也越让我感觉良好。因为终于有人告诉了我，我早已知道的、关于我自己的真相。

必须要有所付出。总是要有所付出。我的悲痛开始减轻。我意识到，我太老了，不适合干这种烂事了。我的烧心症开始了，我意识到我得停止惩罚自己。三十多年了，我终于找到了一个最好的朋友，她看到过最好和最坏的我，虽然我没有说过曾经发生了什么，但她一直都在我身边。我本可以告诉她，一切本可以好起来。知道自己可以向某人袒露自己的内心，这令人充满力量。它让我想要成为一个更好的人。

我想停下来，但想和做是两回事。我有我的习惯。我先让自己饿一整天，然后吃一顿大餐，最后把那顿饭从身体里清除出去。我把自己变空，我喜欢这种空空的感觉。我忽略了自己发黄的牙齿、掉落的头发，以及我右手手指上的酸灼伤和指节上的痂。“我的头发怎么掉了？”我在网上问，好像我还不知道原因似的。

真相要复杂得多，我不知道该怎么说。我想，只要我用尽一切必要的办法应对自己的身体，那么生活中就没人会关心真相。我们要担心的是那些用鼻饲管进食的病弱女孩，而不是像我这样的女孩。而且，我实在太老了，老到处理不了所谓的青春期问题。我那时很尴尬。现在也很尴尬。你不能仰视我。真该死，我简直一团糟。

我成了素食主义者，因为我需要一种不那么有害的饮食方式。我需要关注一些不需要每天都鼓起勇气去做的事情。我以为我只会做一年的素食主义者，但我坚持了将近四年，直到我变得太虚弱，不得不重新开始吃肉。

“烧心症”这个词很容易误导人。它和心脏无关。或者说，它与心脏息息相关，但不是以你所想的那种方式。

58

有时候——我想是出于好意——人们会告诉我，我不胖。他们会说一些话，譬如“不要那样说你自己”，因为他们把“肥胖”理解为一种耻辱、一种侮辱，而我把“肥胖”理解为我身体的现实。当我在使用这个词时，我不是在侮辱自己。我是在描述我自己。这些装模作样的人会无耻地撒谎，说“你不胖”，抑或懒洋洋地恭维，比如说“你有一张漂亮的脸”或者“你是一个很好的人”，好像我不可能既是胖子又拥有他们认为有价值的品质。

瘦人很难知道该如何与胖人谈论他们的身体，不管对方是否在征询他们的意见。我明白这点，但是假装我不胖，或否认我的身体和它的现实，这是一种侮辱。认为我对自己的外表一无所知，也是对我的侮辱。而认为我因肥胖而感到羞愧，仍是一种侮辱——不管这可能多么接近事实。

59

适合我这样身体的空间太少了。

有扶手的椅子通常令我难以忍受。而有扶手的椅子是那么多，它们带来的擦伤往往会留下痕迹，而且在数小时或数天之后，仍然一碰就疼。在过去的二十四年里，我的大腿上经常有擦伤。当我把身体塞进不适合自己的座位里，坐上一两小时或更久之后再起身时，我常会流血不止，剧痛难忍。有时候，我会在床上翻来覆去，疼得龇牙咧嘴，然后想起来，对，我坐过有扶手的椅子。还有些时候——也许是在用毛巾裹着身体时——我在镜子里瞥了自己一眼，看到瘀伤从腰部一直延伸到大腿中部。我看到物理空间如何惩罚我不守规矩的身体。

这种疼痛令人无法忍受。有时候，我感到疼痛就要摧毁我。每当我进入一个可能需要我坐着的房间时，我就会被焦虑吞噬。我能找到什么样的椅子？它们会有扶手吗？它们够结实吗？我要在里面坐多久？如果我设法挤进一把窄椅子的扶手里，我能把自己拉出来吗？如果椅子太低，我能自己站起来吗？这些问题在脑中不断回旋，就像我在反复指责自己，责备我将自己置身于糟糕处境里，不得不处理肥胖身体所带来的焦虑。

很多时候，这是一种无声的羞辱。人们都有眼睛。他们可以清楚地看到，给定的椅子可能太小了，但当他们看着我试图挤进一个无意接纳我的座位时，他们什么也没说。当他们计划让我融入这些不适合我的地方时，他们什么也没说。我不知道这是出于偶然的残忍，还是故意的无知。

当我是一名本科生时，我害怕桌椅相连的教室，因为我得挤进座位里去。我害怕坐进或半坐在这样的椅子里所带来的羞辱，我的肥肉溢得到处都是，我的腿麻木了，我几乎无法呼吸，因为书桌挤痛了我的胃。

去电影院，我祈祷观众席安装了活动扶手，否则我可能会受伤。我喜欢戏剧和音乐剧，但我很少去剧院，因为座位完全不适合我。当我参加这类活动时，我很痛苦，几乎无法集中精力，因为我太痛了。我推掉了很多社交活动，以至于朋友们印象中的我比实际上更反社交，因为我不想解释为什么我不能加入他们。

在去餐厅之前，我会着魔般地查看餐厅主页、谷歌图片和尖叫网[1]上的评价，看看那里有什么样的座位。座位是易损坏的超现代风格吗？它们有扶手吗？如果有，是什么样的？有隔开的用餐区吗？如果有，桌子能挪动吗？还是两个凳子之间焊接着桌子？我能在这样的椅子上保持不尖叫坐多久？我做这种强迫性研究，是因为人们倾向于假设每个人都以他们的方式在这个世界上生活。他们从来没有想过我占用空间的方式和他们有什么不同。

想象一个画面：一顿晚餐，两对情侣，一家时髦的餐厅。我们坐下后，我很快意识到自己没做足功课。椅子很结实，但扶手既窄又硬。我问女服务员我们是否可以坐在分隔用餐区里。然而，尽管餐区是空的，她还是说那些位子都已经被预订了。我想哭，但我不能哭。我在约会。我们和朋友在一起。我的同伴知道我的感受，但也知道我不想引起任何额外关注，他们知道我会忍受椅子，而不是大吵大闹。我进退两难。

我们坐了下来。我轻轻坐在座位边缘。我以前这么做过。我会再做一遍。我的大腿很结实。我想享受这顿饭，享受和我珍视的朋友们一起交谈的快乐。我想享受鸡尾酒和摆

① Yelp，美国著名商户点评网站。

在我们面前的美味佳肴，但我能想到的只有大腿上和椅子扶手挤压身侧的疼痛，以及我还要假装一切正常多久。

当这顿饭终于吃完时，我如释重负。当站起来时，我感到头晕、恶心和疼痛。

即使是那些我生命中最快乐的时刻，也因我的身体而蒙上了阴影。它无处安放。

这绝不是一种正常的生活方式，但它就是我的生活方式。

60

我总是感到不舒服或疼痛。我不记得在自己身体里感觉良好是什么样子，也不记得舒适是怎样一种感受。当我走进一扇门时，我观察它的尺寸，然后不管是否必要，都会不自觉地侧身走过去。当我走路时，我的脚踝会感到刺痛，右脚跟疼痛，腰背拉紧。我经常上气不接下气。我有时会停下来假装在看风景，或者看墙上的海报，最常见的是，看手机。我尽量避免和别人一起走路，因为一边走一边聊天对我来说是一个挑战。我总尽量避免和别人一起走路，因为我走得慢很多。在公共卫生间，我挤进隔间。我试着悬在马桶上方，因为我不想压坏马桶。不管卫生间的隔间有多小，我都会避开残疾人专用隔间，因为每当我使用那个隔间时，人们就会对我投以轻蔑的眼神，原因是我太胖了，需要更多空间。我很悲惨。有时候，我试着假装自己并不悲惨，但这就像我生活中的大多数事情一样，让我感到筋疲力尽。

我尽全力假装自己不疼痛，假装背不疼，假装我不是自己所感觉到的样子，因为我不被允许去拥有一个人类的身体。即使我很胖，我也必须拥有一个不胖的身体。我必须对抗空间、时间和重力。

61

接下来，还有一个问题，关于陌生人如何对待我的身体。在公共场所，我被猛地推来推去，好像我的肥肉可以使我感觉不到疼痛，或者好像我就应该忍受疼痛，应该因肥胖而受到惩罚。人们踩我的脚。他们对我推推搡搡。他们直接撞到我身上。我是引人注目的，却经常被当成一个隐身人。在公共场所，我的身体没有得到应有的尊重、体贴和关怀。在人们眼里，我的身体就像一个公共空间。

62

乘飞机旅行是另一种地狱。经济舱的标准座椅宽度是十七点二英寸，而头等舱座椅的平均宽度在二十一至二十二英寸之间。我最近一次乘飞机坐在经济舱，为了能伸开腿，便坐在了紧急出口旁边的位置。那个座位很适合我，因为在中西快运的航班上，紧急出口那排没有靠窗的扶手。我登机后，坐了下来。最后，我的邻座也坐了下来，我立马看出他相当紧张不安。他一直盯着我，小声抱怨。我看得出他要惹麻烦。我看得出他要羞辱我。我感到十分尴尬。他凑近我问道："你确定你能胜任坐在这个座位上应负的职责吗？"他上了年纪，身体相当虚弱。我很胖，但我当时——即使现在也是——又高又壮。他认为我承担不了逃生口座位的责任，这个想法十分荒谬。我简单地说了句我可以，但我多么希望自己当时能更勇敢，能对他反唇相讥。

作为一个胖人，当你去旅行时，从进入机场那刻起，人们就开始盯着你看。登机口的人们脸上露出各种令人不适的表情，清楚地表明他们不想坐在你旁边，不想和你肥胖的身体发生任何接触。在登机过程中，当他们意识到自己在这局俄罗斯轮盘赌[①]中幸运胜出，无须坐在你旁边时，他们表现出一种显而易见的解脱，并对此毫无愧意。

在那趟航班上，当飞机正要离开登机口时，那个紧张不安的人叫来了一名空姐。他起身跟着她前往飞机上的厨房。他的声音从那里传出来，响彻了整个机舱。他说让我坐在逃生口旁边，这太危险了。他显然认为我出现在逃生口旁边意味着他生命的结束。就好像他知道一些别人不知道的、关于此次航行的事情。人们开始转过头来盯着我，嘀咕着自己的看法。我坐在那里，把指甲抠进手掌里。我努力不哭出来。最后，那个紧张不安的男人换了个座位。飞机起飞后，我蜷缩在飞机一侧，尽可能无声无息地哭了起来。

从那以后，我开始一次买两张经济舱机票，但那时我年轻而身无分文，于是这意味着我不怎么能去旅行。

你的体形越大，你的世界就越小。

你的体形越大，你的世界就越小。

---

①一种残忍的赌博游戏。执行人先在左轮手枪的任意一个弹槽中放入子弹，将其合上后旋转转轮。然后游戏参加者轮流用手枪对准头部并扣动扳机，中枪者和怯场者为输，坚持到最后的是胜者。

然而，即便你买了两张经济舱机票，旅途依然充满了羞辱。航空公司希望胖人都买两张票，但很少有空乘人员知道，该如何处置这两张登机牌和全体乘客登机后出现的空座位。于是这变成了一场大型演出：首先，在你登机时，他们需要扫描两个登机牌，好像这是一个无法解开的谜团；随后，一旦你就座，无论你告诉他们多少次“是的，这两个座位都是我的”都无济于事——他们仍然试图弄清人数与座位数不相符是什么情况。坐在空座位另一边的人经常试图霸占一些空间，而如果你身体的任何部位碰到他们，这些人就会大吵大闹。这种虚伪让我很不舒服。这些事情让我非常恼怒，而我年龄越大，就越倾向于告诉人们：鱼和熊掌不能兼得——如果我只买了一个座位，在我身体的任何部位敢碰到他们的身体时，他们完全可以抱怨；但如果我为了让自己感觉舒服、保持头脑清醒而多买了一个座位，那么即使第二个座位有多余的空间，他们也不能占用。

当然，还有安全带的问题。我自带弹性安全带旅行了很长时间，因为向空乘人员索要弹性安全带无异于一场磨难。而且，我很少能找到妥当的时机提出这一要求。如果你向空乘提出这一需求，比如在登机时，他们往往转身就忘记。当他们终于记起时，这往往会变成一场浩大的表演：他们把弹性安全带夸张地递给你，好像在惩罚你，在提醒飞机上的其他人——你太胖了，用不了标准的安全带。或许这只是我的感觉，因为我对所有与我身体有关的事情都非常敏感。

在自带弹性安全带时，我经常能避开这些琐碎的羞辱和麻烦。但事实上，我无处可逃。在最近乘坐地区航班时，我被告知，航空公司规定乘客只能使用经过授权的弹性安全带。一次飞往北达科他州大福克斯市的旅程尤其糟糕：空乘当着所有乘客的面，让我取下自己的弹性安全带并换上她所提供的，否则她就不让飞机起飞。“这是联邦的规定。”她说。

最终在职业生涯中，我幸运地为自己的权益争得一席之地——作为所签合同的一部分，邀我飞去演讲的机构必须为我购买头等舱机票。这是我的身体，他们也了解它，如果他们想让我飞去他们那里演讲，那么至少需要确保我拥有起码的尊严。

这番叙述看上去很放纵，但这就是我的现实。这也是生活在一个肥胖身体里的真相。我要承受的重负太多了。

第五章

63

在《掌握法式烹饪艺术》一书中，朱莉亚·查尔德写道："烹饪并不是一门特别难的艺术，你烹饪得越多，对它了解得越多，它也就越有意义。但就像任何一门艺术一样，烹饪需要实践和经验。而你对烹饪本身的热爱，就是你能提供的最重要的配料。"

我认为我不可能喜欢烹饪。我认为自己产生这样的热爱是不被允许的。我认为我不能热爱食物或沉溺于吃的感官享受中。我没有想到，为自己做饭也是在照顾自己，或者说，我可以照顾一片狼藉的自己。这些事情对我来说都是禁忌，这是我肆意放纵自己的身体所付出的代价。食物就是燃料，仅此而已，虽然我时时刻刻都在过度消耗这一燃料。

但后来我搬到了密歇根州上半岛，在读研期间住在一个大约有四千人的小镇上。在那之后，我在伊利诺伊州的另一个小镇查尔斯顿找到了工作。我成了一名素食主义者，并意识到如果我想吃东西，就必须自己做饭，否则我就只能吃卷心莴苣和炸薯条了。

大约在同一时间，我开始在美食频道上看艾娜·加藤主持的烹饪节目《赤脚女爵》。节目每天下午四点至五点播出，正好在我从学校回到家之后。这是一个把一切抛诸脑后、放松自我的时刻。我喜欢这个节目。我爱艾娜的一切。她顶着完美无瑕的黑色波波头，头发总是光滑柔顺。她每天都穿着同一款衬衫。我从她个人网站上的常见问答中了解到她的衬衫是定制的，但她不愿透露制作者是谁。她嫁给了一个爱吃烤鸡的男人，名叫杰弗里。从她的节目能看出，他们的关系非常亲密。她聪明且富有，而且从不恃此而骄纵欺人。

艾娜喜欢反问。她会一边品尝美味佳肴一边问：“这有多好？”或者，她为她那群优雅的汉普顿斯朋友准备惊喜时会问：“谁不想要这个作为生日礼物呢？”或者，她为她那些富有迷人且多为同性恋的朋友准备早午餐时会说：“早餐我们需要一杯美味的鸡尾酒，不是吗？”有一集，她还带着食物（百吉饼和熏鲑鱼）去布鲁克林旅行，打算（在农贸市场或类似的地方）吃更多的食物。

我非常喜欢艾娜·加藤，我给家里的无线网命名为“赤脚女爵”，就好像艾娜·加藤在以这种方式关照着我。

艾娜·加藤让烹饪看起来简单易学。她喜欢上好的配料——上好的香草，上好的橄榄油，上好的一切东西。她总是提供有用的建议——加入极冷的黄油能使面团发酵得更好，而厨师最好的工具是干净的双手。当她做小松饼时，会用一个冰淇淋勺来盛面团，然后会心一笑，提醒观众注意这一招。在城里购物时，她总是要求屠夫、鱼贩或面包师把她买的东西记在她的账上。她不会用现金弄脏自己的手。

一天，她邀请一些正在修复风车的建筑工人过来吃午饭，用油布、油漆刷和水桶等建筑配件装饰桌子。当为工人们准备饭菜时，她确保做的是适合男人的大份饭菜，还配上了一个布朗尼派——一种我最终会试着烘焙的令人堕落的食物。

艾娜教会我如何培养强烈的自我意识和自信。这是我最喜欢她的地方。她教会我如何从容自在地看待自己的身体。从各方面来看，她对待自己都十足地从容自在。她雄心勃勃，知道自己擅长什么，从不为此道歉。她教会我，一个女人可以既丰满而惹人喜爱，又全身心热爱着食物。

她允许我热爱食物。她允许我承认我的渴望，并尝试以健康的方式满足这些渴望。她允许我买她强烈推荐的“好”

食材，这样我就可以为我自己以及我乐意为之下厨的人做美味的食物。她允许我拥抱自己的野心且相信自己。《赤足女爵》远不仅是一档烹饪节目。

64

我不是那种在储藏室里随便找出四五种食材，就能做出一顿美味佳肴的人。我需要食谱的保护和安慰。我需要温和的指导。心情好的时候，我可以尝试一种食谱，试着把食物混合起来，但我需要先有某种基础。

我必须承认，从零开始烹饪令人心满意足，因为每一道菜都是自己亲手做的。作为一个懒人，我喜欢现成的食物。但是，用自己做的面团和樱桃馅烘焙出一个美丽的樱桃派也很有趣，而且让我感到深度放松。我觉得自己高效而能干。

烹饪——人到中年开始烹饪——让我着迷：这对控制狂来说，是一种很棒的尝试。烹饪有规则，而想要成功，至少在一开始就需要遵守这些规则。当选择循规蹈矩时，我就能很好地循规蹈矩。

我格外喜欢烘焙。烘焙是一个挑战，因为烘焙的食品通常不利于坚持健康饮食或减肥。但我是个老师，有时我会带着烘焙的点心去上班，跟我的学生和同事分享。

烘焙的乐趣之一在于它的精确性。烹饪需要不断试验，而烘焙需要称重、测量，需要精确的时间和温度。于是，遵守规则的乐趣就会倍增。

事情总会出错，烹饪也如此。你可能会陷入一团乱麻，但是用迥然不同的食材做出某种成品仍令人心满意足。烹饪食物的经历使我明白，我有能力照顾好自己，也值得被自己好好照顾和滋养。

65

对我来说，食物本身是复杂的。我过度地享受食物。我喜欢做饭，但我讨厌去杂货店购物。我很忙。我是个尴尬的挑食者。我一直在努力减肥。我总在寻找可以一次性解决以上组合问题的程序或产品。我试过一种叫“新鲜 20”的服务，它负责制订膳食计划，但把去杂货店购物的任务留给你自己。我试过“慧俪轻体”。我试过只吃“瘦身餐”①。我尝试过低碳饮食。我试过高蛋白饮食。我试过各种组合。我试过白天食用“瘦得快”②，晚上只吃一顿正餐。我试着常备健康的零食——某些只会让我感到沮丧的假垃圾食品，以假乱真的替代品——甜菜片、甘蓝片、豌豆片和年糕。然后我扔掉了所有的假垃圾食品。我不想要假垃圾食品，我想要真正的垃圾食品，如果我不能享用真正的垃圾食品，我宁愿不要垃圾食品。我试过吃水果和坚果。我试过每隔一天禁食一次。我

①雀巢公司旗下一个主推低脂肪、低热量冷冻食品的品牌。

②主推减肥食品和食疗计划的美国食品品牌。

试过在晚上八点以前吃完饭。我试过一天吃五顿饭，每次只吃一点儿。我试过每天喝大量的水来填饱肚子。我试过忽视我的饥饿。

事实上，这些尝试要么半途而废，要么早早夭折。

二〇一四年搬到印第安纳州后，为了更好地滋养自己，我加入了“蓝色围裙”。“蓝色围裙”是一项订阅服务，每周向你提供一日三餐所需的分量正确的食材。他们负责处理两项和烹饪相关的最令人不快的任务：列膳食计划和去杂货店采购。我对食物包有些疑虑，因为每个会员对自己会收到什么样的食材几乎没有选择权。但是，如果我想更好地照顾自己，就必须全力以赴。

每样东西上都贴着标签，并被包装成相当可爱的样子。食物包里会附带一些小玩意儿，比如小瓶香槟醋和一小碗蛋黄酱。作为一个喜欢小玩意儿的人，我总把拆包装看作是一件大事。这些食材配有彩色的食谱卡，每一页上面都有详细的步骤说明，并配以图片，因此几乎没有出错的空间。但是，人为因素仍然存在。我是将要烹制这些食材的那个人，而我在厨房里尤其容易犯错。

我的第一顿饭是碎肉豆子和莴苣菜沙拉拌脆土豆。我完全不知道莴苣菜是什么，我觉得应该是辣生菜，这是个更好且更准确的名字。“蓝色围裙”送来的辣生菜分量少得可笑，所以我加了一颗生菜心——生菜没有热量，也没有营养价值，但它可以在盘子里占些空间。

食谱很简单。我洗了两个土豆，削了皮，切成片，按规定的时间煮熟。同时，我做了调味品——蛋黄酱、新鲜压榨的柠檬和大蒜。菜谱上还提到了刺山豆，但我讨厌刺山豆，它们又黏又丑。我试着克服自己的挑剔，但一次只能取得这么多进展。

做好土豆后，我把它们放在烤盘上，洒上橄榄油、盐和胡椒，然后设置五百华氏度，烤了二十五分钟，厨房热得让我受不了。我突然觉得独自一人生活，为自己做饭很悲哀。这也是我花了这么长时间才做饭并学会享受烹饪的原因之一：我觉得为了自己去做这件麻烦事相当浪费。

然而，晚饭不等人，它不理会我的悲哀。于是，在把豆子洗干净、沥干水分后，我先把一个黄洋葱弄软，然后准备沙拉，加上西红柿、豆子、生菜和调味料，最后在下面铺一层脆脆的土豆。尽管我的厨具相当不得力，但最后成品还不错。这是我平生第一次做出和食谱图例相似的食物。

另一个盒子里装着英国豌豆方饺的配料。我先把四瓣大蒜和一些洋葱弄软。洋葱看起来很丑，因为我刀功很差。本来应该是整齐小方块的洋葱，现在变成了形状怪异的大厚块。当洋葱和大蒜变软后，我加入了英国豌豆，还有一些盐和胡椒。闻起来很香。我觉得自己才华横溢，甚至大权在握，是自己烹饪界的女主人。

我把洋葱和豌豆从火上拿下来，加入一些切碎的薄荷，再加入新鲜的乳清干酪、一个鸡蛋和一些帕玛森芝士。从理论上讲，这些就是我的小方饺馅了。

我在烹饪时注意到，有趣的是，单独看一种去壳去皮的裸露食材会有些反胃，但这是必要的。这一点和人有些像。鸡蛋、帕玛森芝士和乳清干酪湿滑而松软，可我一点儿也不兴奋。这种感觉有点儿太私密了。

然后是准备小方饺的时候了。我认为自己是严格按照说明做的，但从我的方饺上并没有反映出这一点。包方饺的过程本身就令人恼火。不管我怎么试，面片都粘不牢。我用叉子把面片边缘折起来，但一会儿边缘就又开了。我差点儿把这个难看的方饺摔到墙上，因为我激增的愤怒与我尝试做这顿饭展现出的潜力极不相称。最后，我决定，去他的，我把乱七八糟的东西扔进开水里，希望能出锅最好的，也准备好吃最坏的。

我试做的方饺很快就散了，饺子皮在接缝处变得松松垮垮。悲剧在无限扩大。刚觉得饺子煮熟时，我就把这团乱麻全部倒进滤网里，然后把它和棕色黄油一起放进平底锅里炖，直到看起来起码可以吃了。最后，这些散开的小方饺尝起来还不错。我想，在做饭过程中一定存在某一点，可以吸取经验以挽救全局，但我还从未找到这一点。

“蓝色围裙”和其他餐包服务都很棒，但有时做饭本身令人讨厌至极。每一天，我满脑子想的都是准备投喂我身体的食物，因此感到筋疲力尽。而独自生活的我总要负责做饭。我为自己做饭的次数越多，就越是欣赏每天为家人做饭的男男女女。

有时晚上我会想问，是否有花生酱、果冻和面包——这样晚餐的问题就解决了。当然，我不禁想知道，什么时候日常三餐变成了问题而不只是简单的三顿饭，变成了复杂的考验而不是每天持续的习惯。我喜欢食物，但是享受食物太难了。相信我被允许去享受食物也太难了。大多数情况下，食物不断让我想起我的身体、我薄弱的意志力，以及我最大的缺点。

66

当我向母亲询问她的食谱时，她马上就提供了帮助，虽然显得含糊其词。她跟我分享了基本的食材和烹饪方法，但我无法完全复制出她做的味道。有一次，我向她要了一份名为“joumou”[①]的汤羹的食谱，这是海地人为庆祝新年——也是我们的独立日——所准备的。这是我母亲给我的食谱：

两颗卷心菜	大头菜
豌豆	胡萝卜
冬南瓜[②]	洋葱
葱	香菜叶和欧芹
土豆	牛里脊

用小火把肉煮软。以大蒜、盐、黑胡椒和辣椒调味。

①一种口味温和的辣汤。通常做法是将冬南瓜切片后，与牛肉、土豆、大蕉及蔬菜（如胡萝卜、芹菜和洋葱）一起放在平底锅中炖煮。

②一种类似南瓜的大冬瓜，也被称为胡桃南瓜，是烹饪“joumou”的主要食材。

加水。

加蔬菜。

我从未试做过这个食谱。

母亲总是强调她在把完整的食谱教给我和我的弟媳们，但我总感觉她有所保留。她保留了一两个秘密，所以她烹饪的独到之处——她对家庭的爱——将永远为她一人所有。

酱汁是许多海地菜的重头戏——海地菜以西红柿作汤底，香浓又美味。即使母亲做的是美国菜，也会把酱汁放在桌上。任何菜里面都可以放酱汁。如果父亲坐在餐桌旁时没有看到酱汁，便会问："酱汁在哪儿？"此时母亲就会皱起眉头。有时候，她只是在逗他，因为酱汁正在烤箱里加热。有时候，她就是没有心情调制酱汁。

我似乎从来没有掌握过母亲食谱中的精髓。所以当我在自己的住处尝试做海地菜时，会给家里打电话，母亲会耐心地给我讲解菜谱。酱汁是一道简单却难以捉摸的菜，会完全打乱我的做饭节奏。母亲提醒我戴上烹饪手套。我假装我的厨房里有烹饪手套这种东西。她告诉我要把洋葱和红辣椒切片，严厉地提醒我要把所有厨具都洗干净，再把蔬菜放上去。我的厨房里充满了家的温暖。酱汁总是差强人意。我无法准确说出哪里出了错，但我越来越怀疑母亲隐瞒了一些重要信息。当我吃着自己亲手做的童年美食时，我全身充满了渴望和一种平静的愤怒——源自家人给予我的深切爱意和善意。

有一道海地菜我已经烂熟于心——海地版奶酪通心粉，这道菜很容易饱肚，但又没有美国版那么难消化。当我参加百味餐[①]活动时会带着这道菜。这是一种我很害怕的活动，因为我特别挑食，而且不信任共享食物。大家总是对这道菜印象深刻。他们感觉这更国际化，我猜。他们希望这道菜背后蕴含着丰富的历史，因为我们对“民族食物”总是抱有文化上的期待。我不知道如何解释。对我来说，这道菜只是我喜欢的食物，我无法从他们想象的角度来看待它。这道菜，和大多数海地食物一样，不是我对我家族文化的某种宣言，而是与我对家人的爱和那种平静而无法撼动的愤怒紧密相连。

然而，当我和家人在一起时，当我们组成我们共同的岛屿时，我允许自己成为他们的一部分。我试着去原谅，试着弥补失去的时间，试着拉近我和他们之间的距离——尽管有一段时间，我必须离开他们。他们并不了解我的全部，但他

①一种每人自带食物与他人共享的餐会。

们对我了解得足够多，知道对我来说什么是最重要的。他们一如既往地深爱着我，我也同样深爱着他们。

每年除夕，我们都会聚在佛罗里达州，一起参加父母所在乡村俱乐部举办的盛宴。一顿饭有五道菜——满是精致可爱的小菜。大家喝酒跳舞。即使周围有一百个人，我们也只在乎彼此。我们在凌晨一点前回到家继续狂欢——挪开家具，放康巴斯[①]音乐，恣意跳舞，我和我的兄弟姐妹们凝视着这夺人心魄的家族奇观：当在一起时，我们是一群美丽的野兽。

当我去看望父母时，我的饥饿感会格外强烈。因为在往家里储存食物这一点上，他们是极简主义者。他们经常旅行，所以把新鲜食物放在身边没有任何意义，因为这些食物很可能在食用前就变质了。虽然他们也吃饭，而且我确信他们会好好享用，但我的父母并不是那种对食物特别感兴趣的人。他们很少吃零食。想在家里吃到任何食物，通常都需要提前准备。

但我也产生了妄想症。我觉得我所做的每一件事都处在别人的监视、审视和评判中。我剥夺了自己的权利，让自己看起来循规蹈矩，看起来在做一些小小的努力，以让自己变

---

①一种海地舞蹈音乐和现代音乐，具有非洲血统。

得更瘦、更好，不那么是一个家庭问题。因为这就是他们告诉我的——我的体重是个家庭问题。所以，除了忍受我的身体，我也背负着一个负担——我爱的人把我当作他们的问题，直到我最终减掉“那些重量”。

我开始渴求食物，任何食物。我有一种无法控制的冲动：想要暴饮暴食，想要满足日益增长的痛苦，想要填补那种在最该爱我的人身边感到孤独的空虚感，想要减轻年复一年重复同样的痛苦谈话所带来的痛苦。

当我回家时，我非常非常饿。我快饿死了。我是一只动物。我渴望有人喂食。

67

我来自一个美人之家。我的家人都苗条、时尚且充满魅力。当我在他们身边时，我常感觉自己不属于他们。我觉得我不配成为他们中的一员。当我看到那些自己极力回避的家庭照片时，我就会想，这里面有一个人跟别人不一样——这是一种挥之不去的孤独感，觉得自己不属于那些最真正深切了解你的人。

我的父亲又高又瘦，四肢修长，有一种与众不同的气质。我的母亲娇小美丽，身姿优雅。当我还是个孩子时，她的一头长发从背后如瀑般倾泻而下，长到她可以坐在上面。她喜欢穿高跟鞋。我的弟弟们英俊而高大健壮——他们中的一个知道这一点，并且会很乐意告诉你他的迷人之处。然后是我，不断地横向生长。

和家人在一起时，我无法享受身边的食物，但平心而论，食物是我和大多数人在一起时都无法享受的东西。当有人看着我吃东西时，我会感觉自己像是在受审。当我们一起吃饭时，家人会看着我。或者是我觉得他们在看着我，因为我有过盛的自我意识，因为他们关心我。或者更准确地说，家人过去经常专注地看着我吃饭，监视我，试图控制和纠正我。现在，虽然他们已经基本接受了我的身体现状，但我永远都觉得他们在看着我，想要看穿我。即使他们在伤害我，但他们仍然想帮助我。我接受了这一点，或者说我会努力去接受。

当我被初次介绍给了解我家庭的某些人时，他们脸上总有一种我宽容地称之为震惊的表情。“你就是罗克珊？你就是那个我听说过好多美妙事情的罗克珊啊？”他们问。然后我不得不令人心碎地回答：“是的，我是。我确实是这个美人之家的一员。”

我很熟悉他们的表情。我在家庭聚会和庆祝活动中见过无数次这样的表情。这很难接受。它击碎了我竭力重拾的残破信心。这不是我脑中的臆想。这不是自卑。这是多年来在这个美人之家当胖子的结果。这么长时间我都没提过这一点。我想我们应该把耻辱留给自己，但我厌倦了这种耻辱。沉默没那么管用。

或许这是别人的耻辱，而我只是在被迫承受。

68

十九岁时，我通过电话向父母宣布出柜。我住在亚利桑那州的沙漠里，离他们很远，和一对我几乎不认识的夫妇住在一起，从事着那种会让任何认识我的人感到羞惭的工作。我确实已经崩溃了。我从常春藤盟校退学，离家出走，并与所有我认识、爱过及爱过我的人断绝联系。我当时情绪崩溃，但我找不到合适的词语来解释自己的行为，也不理解自己为什么要做出这样的选择。

我在二十多岁时爱过的倒数第二个女人——菲奥娜——最终做出了我一直想让她做出的爱的表示。那时我已经或至少已说服自己要重新开始，因为她永远不能给我我所需要的——承诺、忠诚和爱。我们还是朋友，但我在和另一个人约会——美丽、善良、疯狂的阿德里安娜——尽管我们最终也无法相容。阿德里安娜住在国家的另一边，当时她来中西部看我。我们玩得很开心。我们还没见识过彼此最坏的一面。长此以往，阿德里安娜在我们城市的短暂停留让菲奥娜意识到，我几乎超出了她的掌控范围。

我和菲奥娜的关系大体上处于未挑明的暧昧阶段。我们在一起度过了所有时光。有时我们很亲密。我们认识彼此的家人。她当时单身，迷恋其他女人，有时还和她们谈恋爱。而我仍一直和她在一起。我们一直都在一起。这样的关系已经足够了，直到我们不再满足。还有阿德里安娜。她想给予我更多，而我也默许了，即使我不能给她足够多的回应。

在阿德里安娜来看我这段时间里，菲奥娜一直给我打电话。她的声音里有一种我一直想听到的急迫。她需要我，而我处于一个复杂的境地，被人需要对我来说太有诱惑力了。有一次，我把阿德里安娜抛在一家书店，然后跑到菲奥娜家，因为她说她就是必须要见我。我甚至不记得我们说了什么，但我记得当我去书店接阿德里安娜时，我充满内疚，不敢直视她的眼睛。

我已经养成了一个习惯，和那些不能给我所需之物的女人约会，这些女人不可能足够爱我，因为我是一个裂开的伤口，充满了需要。我无法从内心承认这一点，但我有一种强烈的情感受虐模式——把自己投入到最戏剧性的关系中，想要成为某种受害者，一遍又一遍，一遍又一遍。那是一种熟悉的东西，一种我能理解的东西。

父母最终找到了我。交谈中，他们只想知道我为什么消失了，因为他们是非常爱孩子的好父母。他们永远不会任我自生自灭，永远不会。我当时太年轻，一团糟，完全没有意识到他们因为我而经历了什么。为此，我仍然心怀悔意。我不知道该告诉他们什么。我不能说“我完全崩溃了，失去了理智，因为我身上发生了可怕的事情”，尽管这是事实。我想到了他们的信仰和文化。我告诉了他们一件我认为可能会最终切断我们之间纽带的事情。不是我不想让我的父母出现在我的生活中，而是我不知道自己该如何在破碎的状态下，继续做他们自认为了解的那个女儿。我脱口而出：“我是同性恋。”这句话也让我感到羞愧，我羞愧的不是自己的酷儿身份，而是我对父母的信任是那么少，对酷儿身份的理解又是那么扭曲。

我称自己为同性恋并不全是事实，但也不是一句谎言。从过去到现在，我都被女人吸引。我觉得她们十分有趣。那时候，我不知道人生活在世界上，可以同时被女人和男人吸引。年轻时，我喜欢和女人约会、做爱，同时也害怕男人。真相总是一团糟。我想做自己力所能及的一切，把和男人在一起的可能性从自己的生活中彻底消除。我失败了，但我告诉自己，我可以是同性恋，这样我就不会再受伤害了。我要永远不再受伤。

听到他们唯一的女儿自称是同性恋，父母并没有情绪激动。母亲说她知道，因为我曾经告诉她我想穿着牛仔服结婚。我没能看出其中的联系。我期望父母背弃我，但他们没做这样的事。他们让我回家，但我不能回到他们身边，现在还不能。我不能让他们知道我有多么破碎不堪。尽管如此，我们又开始交流了。几个月后，我会回家，他们会欢迎我。在一段时间内，我们之间的一切还不能步上正轨，但也不会脱轨。再过一段时间，事情就会好转了，他们会接纳那个真实的我，会欢迎我爱的女人来到他们家里，会因为我是什么样的人而爱我。我会意识到事情从来都是这样。

跟我上床的第一个女人既高大又漂亮。我还记得她身上的味道。她的皮肤是那么柔软。当我渴望亲切关爱时，她亲切地对待我。我们之间只是派对上的一夜情。我们幽会时播放了几张 CD。这是一次经历。我一想到她的名字就会感觉舌头刺痛。下一个和我上床的女人，我称她为我的女朋友，尽管我们彼此几乎不认识。我们在网上相识。在隆冬时节，我收拾好东西，从亚利桑那州飞到明尼苏达州，和她在一起。我拎了一个手提箱，没有冬衣，天气实在太冷了，她车上的锁都冻住了。我没想过这样的事也会发生。她住在一间黑暗而狭小的地下室公寓里，我自始至终都因为太高而直不起腰来。我们既可笑又年轻。我们的恋情持续了两个星期。

在接下来的几年里，我先后和好多女人约会，她们以各种全新而迥异的方式糟糕着。有个女人太过用力地抓我的胳膊，以至于在上面留下了瘀青。有个女人喜欢户外运动、野营和女权音乐节[①]，所有这些我都觉得很恐怖。有个女人背叛了我，并把出轨证据留在了我的车里。此事甚至还涉及一家橄榄园餐厅的洗手间，这使创伤更增一份羞辱。有个女人告诉我，她可以预见和我在一起的未来，但不知道如何与我一起度过从现在到预设未来之间的每一天。

我也以各种全新而迥异的方式糟糕着。在这些关系中，即便我不是更应受苛责的那个，至少也同样难辞其咎。我太缺乏安全感，太需要别人，我不断需要别人肯定地告诉我，我是被爱着的，我足够好，值得被爱。为了得到这种肯定，我在情感上非常有控制欲。我对女人的判断很糟糕，因为我一直误以为女人不会像男人那样伤害我。如果一个女人对我表现出任何兴趣，我也会回应她的感觉，这是本能的反应。我陷入了一个危险的陷阱：爱上了谈恋爱这一想法本身。我

① womyn's music festivals，即完全由女性组织、运营和参与的音乐节。“womyn”一词与“women”同义，是女权主义者的造词，为避免以“-men”结尾。

想被人渴望，被人需要。一次又一次，我最终和那些不愿或不能满足我太多需求的女人在一起。我最终和那些我不愿或不能满足她们太多需求的女人在一起。

我表明我的酷儿身份，这样我自己就能相信这个半真半假的事实——正如我告诉所有人、告诉自己的那样。我表现得很坚定。我就在这儿。我是同性恋。像我那个时代的年轻同性恋者一样，我戴了过多的骄傲戒指[①]、胸针及类似的东西。我在汽车上贴了一层厚厚的贴纸。我在很多问题上都很激进，虽然我也不完全理解其中的原因。

更糟糕的是，我仍然会被男性吸引，而且这种吸引往往很强烈。当和女朋友在床上时，我有时假装自己是和某个其他人在一起，这人的身体有些地方更硬，有些地方更瘦。我告诉自己这真是够了。我告诉自己每个人都有性幻想。我恨自己被男人伤害得那么严重之后，还对他们充满渴望。我告诉自己，我是同性恋。我告诉自己，这就是我所能拥有的，这样我就不会受伤。我告诉自己，我是石头。有好长一段时间，我抚摸别人，却不让自己被别人抚摸。我是石头而且不可触摸。我怒火中烧。我内心的渴望膨胀了，我极度渴望被

① pride rings，指同性恋者会佩戴的一种戒指，通常会饰以彩虹色亮钻。

抚摸，渴望感受女人的肌肤贴在我的肌肤之上，渴望通过快乐获得解脱。这一点我连自己也瞒着。我惩罚自己。我是石头。我不能流血。

多年以后，我意识到我可以流血，也可以让别人流血。在阿德里安娜要离开时，我把她送到机场，并承诺我们很快会再见面，然后我回到了家里。我遵守着这个诺言，直到违背了另一个，并伤了她的心。菲奥娜给我写了很多美妙的信，她告诉了我我一直想从她那里听到的一切。我坐在沙发上，一遍又一遍地读着她的信，颤抖着，因为我想要从她那里了解的一切都在我的双手中，也因为即使在那时，我也知道我将会把她推开。我所需要做的就是拿起电话，拨一个号码。我所需要做的就是说：“是的。”

69

在很长一段时间里，我不知欲望为何物。我只是把我自己，把我的身体，给了任何对我哪怕只有一丝兴趣的人。我告诉自己，这是我应得的。我的身体毫无价值。我的身体是一件可以使用的物品。我的身体令人厌恶，因此应该被人如此对待。

我不配被人追求。我不配被爱。

在恋爱中，我从不允许自己主动追求他人，因为我知道我让人反感。我不允许自己主动发生性行为。我不敢奢求像爱情或性爱的愉悦这样美好的东西。我知道，每一次，每一次，我都必须等待对方主动。我必须对别人主动给我的一切心存感激。

我交往的对象大都能容忍我，偶尔也会对我表露一点儿爱意。其中有个女人背着我出轨，有个女人用牛排刀刺坏了我最喜欢的泰迪熊，有个女人似乎总是缺钱，还有个女人因为觉得我丢脸而不带我去她的同事聚会。

也有男人，但他们大多不值得回忆，坦率地说，我期待他们来伤害我。

我的身体毫无价值，所以我允许任何事情发生在我的身体上。我不知道自己在性方面有什么需求，因为从来没有人问过我，我知道我的欲望并不重要。我应该心存感激；我没有寻求满足的权利。

情人们经常对我粗暴无礼，好像在他们眼里，这是触摸我这么胖的身体的唯一方式。我接受了这一切，因为我不配得到善意，不配得到温柔的抚摸。

他们骂得很难听，但我都接受了，因为我知道自己是一个可怕且令人厌恶的东西。甜言蜜语不是为我这样的女孩准备的。

很长一段时间以来，我都被如此恶劣或冷漠地对待，以至于我忘记了被人正常对待是什么感觉。我也不再相信别人会正常对待我。

我的心得到的关心甚至比身体得到的更少，所以我设法将它锁起来，但从来没有真正成功过。

至少我在谈恋爱，我总是这样告诉自己。至少我没有令人厌恶或卑贱到没有人愿意花时间和我待在一起。至少我并不是独自一人。

70

我不擅长经营磊落而正派的浪漫关系。我不知道怎么约别人出去。我不知道如何判断别人的潜在兴趣。我不知道如何信任那些真正对我感兴趣的人。在这些情况下，我不是那种“主动约会”的女孩，或者说我不禁这样告诉自己。我总是被自我怀疑和信任感缺失所麻痹。

通常情况下，我强迫自己对某个对我感兴趣的人产生爱慕之情。承认这一点虽然让我感到羞愧，但这也是事实。我怀疑不是只有我这样。我经常想，也许这是我最后的机会，我唯一的机会。我最好做成这件事。

事实证明，制定标准——或者试图制定标准并坚持执行——比我想象中要难得多。我很难开口说“我值得拥有美好的事物。我值得拥有一个我真正喜欢的人”并相信它，因为我习惯于相信“我只配拥有顺势而来的平庸”。在我们的文化中，我们经常谈论改变和成长，但是，伙计，我们对改变和成长有多难所谈甚少。它们是很难的。对我来说，我很难相信我自己是重要的，我值得拥有美好的事物，我值得和善良的人在一起。

我也被这样的想法所困扰：因为我不是苗条的超模，所以我给自己制定标准是非常不明智的。我有什么资格去评判一个开场白是“嗨，你在干吗呢”的人？这是我在一个约会网站上收到的文字信息。这个自尊问题对我的感情生活影响巨大。我的过去充满了平庸。（我也有过一些很好的亲密关系！）然而，大多数时候，我最终都陷入了一些令人深感不满的长期关系中。

即使是在一段良好的关系中，我也难以维护自己。我难以表达我的不满或争取我想要的东西，因为我觉得肥胖问题已经令我如履薄冰。我很难去要求得到我想要、需要、应得的东西，所以我不再要求。我表现得好像一切一直都很好，但这对我或其他任何人都不公平。

我确实在试着改变这种模式，并认真审视我做出的选择以及背后的原因。我不想在一段关系结束时如释重负。我身上也有可人之处。我友善而有趣，还擅长烘焙。我不愿再相信，我只配得到平庸或一无是处的卑劣感情。我试着牵动身上每一处神经去相信这一点。

我经常告诉我的学生，小说就是以这样或那样的方式来讲述欲望的。当年龄渐长，我越来越明白生活通常是对各种欲望的追求。我们想要，想要，哦我们想要。我们有渴望。

71

有时候，当我想到自己的性取向是如何形成的，就会很生气。我生气的原因在于，我能在我爱的第一个男孩——那个让我经历了树林噩梦的男孩——和之后我所有的性经历之间划清界限。我生气是因为我不想再感受到他的双手压在我的欲望之上。我担心我会一直这样。

我的第一段感情是最糟糕的一段。我当时非常年轻。我第一次恋爱的对象就是那个让我经历了树林噩梦的男孩。他看上去是一个好男孩，来自一个好家庭，住在一个高档社区，但他用最坏的方式伤害了我。人们很少是他们表面上的样子。当我越了解他，就越能意识到他其实一直在展示他的真实面目，而他生活中的人们要么已经看穿了他，要么对此睁一只眼闭一只眼。那个男孩和他的朋友们强奸了我之后，我崩溃了。我没有阻止他继续伤害我，至今，这仍是我最大的耻辱之一。我多么希望我知道自己当时为什么那样。或者我明白原因所在。我当时已经如行尸走肉，所以什么都无所谓了。

从那以后，我有过很多段感情经历，虽没有哪段像第一次那么糟糕，但是伤害已经造成了。我的人生之路已经被预设了。我感到很羞耻，因为我衡量一段感情好坏的标准是有没有那么糟糕，而不是有没有给我带来蓬勃而美好的体验。我看着自己经历的某些糟糕透顶的感情，心里却在想：至少他们没有打我。我用感恩的态度对待最差劲的关系。从那以后，我再也没有陷入过一段必须忍受强迫性性行为创伤的感情中。我从来没有担心过自己的生活。我从未身陷自己不能转身走开的情境。这让我成了一个幸运的女孩吗？据我从其他女性那里听到的故事来看，是的，这确实让我成了一个幸运的女孩。

这不应是我们衡量运气的方式。

我有过很好的感情经历，但我很难相信这一点，因为我觉得“好”的东西，并不总能让人感觉很好。

此外，我在想这些年来我从其他女人那里听到的证词——女人分享她们的真相，敢于用她们的声音说：“这就是发生在我身上的事。我就是被这样虐待的。”我一直在想，为什么在女人们已经提供了如此多证词的情况下，仍然有人怀疑我们的故事。

有些人认为我们都是幸运的女孩，因为我们——他们狭隘地认为——还活着。

我厌倦了我们所有的悲伤故事——不是厌倦了倾听，而是厌倦我们有这些故事要讲，厌倦我们要讲的故事还有那么多。

72

在我二十多岁的另一段感情中，我和恋人的关系并不好，但也没那么糟。正是这种关系提醒了我，有时精神虐待甚至比身体虐待更糟糕。我不介意挨揍。我这么说，不是因为对此毫不在意。只是有些事情让我麻木了。然而，这个人想要把我击垮，这变得很有趣，因为我没有意识到我还可以被摧毁得更彻底。谁知道呢？他们知道吧，我猜。他们从我身上闻出了那种味道。

我们之间并不存在任何戏剧性矛盾或暴力冲突。只是我在不断面对一连串批评。我所做的一切都不够好。二十多岁的我极度缺乏安全感，所以我以为所有的情感关系都是这样的。我以为这是我应得的，因为我一无是处。

如果不能严格检视自己需要努力改进的所有问题，我就无法和这个人的同事们待在一起。大多数时候，你可以想象得到，公共场合中我们不在一起，因为我不够好。我从来都不够漂亮。我说话的声音太大了。我呼吸的声音太大了。我睡觉的声音太大了。我睡觉的时候太热了。我睡觉时动得太多了。我基本上不睡觉了。我只是尽可能地挤在床边的一小块地方，然后保持清醒，这样我的睡眠就不会那么烦人了。我总是很疲惫。

我没有正确地洗碗。洗碗有正确的方法和错误的方法。我现在知道了。不要把水洒在地板上。把碗架上的水沥干。小心摆放碗架上的餐具。我现在最喜欢做的事情之一，就是用任意的旧方法洗碗。我把水洒在地板上，我笑了，因为这是我该死的地板，这是我的餐具，没人在乎地板上有没有水。

我没有正确地吃东西。我吃得太快了。我咀嚼的声音太大了。我太经常嚼冰了。我没有把东西放好。我把鞋子放在前门的错误位置。我走路时摆动双臂。他会告诉我这些，然后我必须试着记住所有我不应该做的事情，这样我的存在才不会如此令人沮丧。我们会一起散步，我会记得，好吧，把你的手臂放在身侧。不要摆动你的手臂。我会用所有的时间提醒自己，不要摆动你的手臂。然后我可能会分心，会忘记，会不小心让我的胳膊挪动一两英寸，然后我就会听到满含怒意的叹息，所以我会加倍努力，让我爱的人不再因我而那么沮丧。别摆胳膊，罗克珊。直到现在，有时我发现自己甚至还在努力不摆动手臂，这让我很生气。我真的气死了，我想像风车一样挥舞我的手臂。这是我的胳膊。我就是这样走路的。

一天，我去一家百货公司化妆。我觉得我很漂亮。我想为这个人变漂亮。我买了一堆化妆品，这样我就可以成为一个更好的女孩。我去他家准备给他们一个惊喜，这个人对我上下打量一番，然后对我说了另一些我可以做的事——他们觉得更易接受也更体面的事。我站在前廊上，想让自己的身体原地垮掉。我之前是那样兴奋，因为觉得自己打扮得很漂亮而那样开心，而这还不够好。我当然没有再试过。我顶着我漂亮的脸蛋，带着我昂贵的化妆品回家，然后哭花了所有的妆。化妆品还在我衣橱里的一个黄色袋子里。有时候，我把它拿出来看，但我不敢用。

当我因在电视上出镜而化妆时——或为宣传一本书，或被请去评论流行文化或政治氛围——我会觉得自己戴着一个我没有权利戴上的面具。脸上的妆摸起来比实际厚得多。我觉得人们都在盯着我看，觉得人们都在嘲笑我，因为我竟敢觉得自己可以做任何让自己变得更体面的事。我永远记得那一次，当我试着为别人打扮得很漂亮时，别人如何觉得这不够好。一旦有机会，我就会卸妆。我选择活在自己的皮肤里。

我永远都不够好，但我如此努力地尝试过了。我尝试让自己变得更好。我尝试让一个永远不会接受我，却以我无法理解的理由留我在身边的人接受我自己。我留下来，因为他们证实了我所知的关于自己的每一件可怕的事情。我留下来，因为我想再没有人会容忍像我这样没用的人。我留下来，尽管别人背弃我、不尊重我。我留下来，直到他们不再需要我。我总是想，在某个时候我就会离开，但我们总是把自己想得太好，不是吗?

但我是一个幸运的女孩。我想我大部分的悲伤故事都已成为往事。有些事我再也不用去忍受了。独自一人很糟糕，但我宁愿独自一人，也不愿和一个让我感觉自己无比糟糕的人在一起。我逐渐意识到自己不是没有价值的。知道这点感觉很好。我的悲伤故事将永远在那里。我将继续讲述它们，即使我讨厌自己有这些故事可讲。这些悲伤的故事将永远压在我的身上，尽管我越意识到我是谁、我价值几何，这种负担就越轻。

73

然而，问题在于，孤独——就像我逐渐失去对自己身体的控制一般——是一种累积。十二年的乡村生活，一辈子的羞怯，还有社交无能和形单影只，让孤独越积越多，有时会笼罩着我。孤独是一个总是萦绕四周、不受欢迎的伴侣。

在很长一段时间里，我把自己与一切人、一切事物隔绝开来。可怕的事情发生了，为了生存，我不得不封闭自己。有人告诉我，我冷冰冰的。我经常写一些故事，讲述那些外人眼中冷冰冰的女性，而她们憎恶这种偏见。我写这些女人，是因为我知道，在她们冷漠的外表下有如此多的温情在翻腾，随时等待被人发现。

我并非冷冰冰。我从来都不冷冰冰。我把温情隐藏，远离任何可能带来伤害的地方，因为我知道，在我内心的堡垒中，已经没有能阻挡更多伤害的脚手架了。

我把温情隐藏，直到我找到合适且信任的人来分享它，比如研究生院的朋友，我刚开始写作时在写作社区认识的人，还有那些总是愿意看到并接纳真实的我的人。

我并不滥用我的温情，但当我释放它时，它会如骄阳般火热。

74

对我来说，感情和友谊如此困难的部分原因在于，一部分的我总觉得我必须把事情做好。我必须说对的话，做对的事，否则别人就不会再喜欢或者爱我，这样压力很大。于是我开始苦心经营，努力成为最好的朋友或女朋友，离那个真正的我——虽不是总能做对事情但心地善良的我——越来越远。我发现自己在为一些不该道歉的事情道歉，在为那些我一点儿都不觉得抱歉的事情道歉。我发现自己在为自己是谁而道歉。

即使和善良、好心或充满爱意的人在一起，我也不相信他们的善良、好心或爱意。我担心他们迟早会让我减肥，并把这作为他们继续爱我的条件。这种恐惧让我更加努力地把事情做好，就好像在一场赌局中多面下注。

这一切都让我对自己非常苛刻，也让我很有动力。我只是不停地工作、工作、工作，努力去做对的事，我忘记了我是谁，我想要什么，这让我处在一个不太理想的境地。我被丢在了……未知之地。

当年龄渐长，我有了自我意识——或者某种看起来像自我意识的东西——所以我留意自己的行为，留意我做的选择。在这些方面，我付出了过多努力，牺牲了太多东西，太想要成为对的人，因为这是别人对我的期待。只需尝试做自己，寄希望于自己就足够了，这有点儿可怕。而只需相信真实的自己就已经足够了，这也很可怕。

然而，做自己也会焦虑。有个问题始终挥之不去："如果……会怎样？"如果真实的自己永远都不够好呢？如果我永远都配不上别人呢？

75

我肥胖的身体赋予人们抹杀我性别的权利。我是女人，但不被当成女人。我常被误认为是男人。我被称为“先生”，因为人们看到我的庞大体形，就会忽略我的脸、我有型的头发，以及我非常丰满的胸部和其他曲线。被抹除性别、在众目睽睽之下消失不见，这让我困扰不已。我是一个女人。我很高大，但我是一个女人。我应该被当作一个女人。

我们对女性概念的理解太狭隘了。当你又高又宽——呃，尤其还有文身——你总是会被呈现得“不像个女人”。种族因素也有一定的影响。黑人女性很少被允许拥有女性气质。

还有一个更深层次的真理。很长一段时间内，我只穿男装。我非常想变得更男性化一点儿，因为我明白，把自己打扮得像个女人会招来麻烦、危险和伤害。我以男性身份自居，因为我觉得安全。它给了我一种假象，让我觉得我可以控制自己的身体，并左右他人对我身体的看法。这样更易于行走于世间。这样更易于隐匿于世。

在与女性交往的过程中，表现得男性化意味着我不需要被触碰。我可以假装不想被触碰，这样我就能保持安全。这样我就能拥有我一直渴求的强大自制力。

这是一个安全的避风港——直到我意识到我是在扮演这个角色，而不是寓于一个我感觉真实的身份里。人们看到了我，但他们没有看到真正的我。

我开始摆脱这种身份，但人们仍然只能看到他们想看到的东西。现在，那些人误解我的性别，并不是出于某种奇怪的审美，而是因为他们看不到真正的我，不觉得我和我的身体应该被认真对待。

76

身体并不是堡垒，无论我们为使它变成堡垒付出了多少。这可能是生活中最大的挫败，或者说是羞辱？我花了很多时间思考身体和界限，以及人们如何不顾一切、不惜一切代价地无视这些界限。我不是一个喜欢拥抱的人。过去不是，将来也不会是。我拥抱朋友，很开心地拥抱他们，但是我吝于这样表达感情。拥抱对我来说很重要；这是一种非常亲密的行为，所以我试着不要太过随便。

此外，将自己敞开，让别人来触摸我，让别人来突破我的堡垒——这些让我感到尴尬。

当我告诉陌生人，说我不是一个喜欢拥抱的人时，有些人把这当作一种挑战，就像他们可以用拥抱让我屈服，就像他们可以用手臂的力量赶走我对拥抱的厌恶。很多时候，他们会把我拉进他们的身体里，说一些居高临下的话，比如："看，没那么糟糕吧？"我想，*我从没想过那会很糟糕*，我就站在那里，双臂无力地垂在身体两侧，可能还在龇牙咧嘴，但他们还是不明白，我不愿意参与这种拥抱。我的堡垒被攻破了。

在阅读分享会上，热心的粉丝经常要求拥抱，我伸出右手说："我不拥抱，但我握手。"这时他们的脸上就会露出失望的表情，好像得到拥抱是他们付出关注应得的回馈。或者他们会说："我知道你不喜欢拥抱，但无论如何我还是要拥抱你。"我必须尽可能礼貌地避开他们的身体。

为什么我们把人们为自己设定的界限视为某种挑战？为什么我们看到有人设定了一个边界，就想要撼动它？有一次，我和一大群人在一家餐馆吃饭，女服务员不停地触碰我。这真是该死地烦人，因为我不想被那样触碰，除非我们两个正在交往。每次她从我身边经过，都会擦过我的肩膀，或者把手顺着我的胳膊滑下来，我越来越愤怒，但我什么也没说。我从来都不会说什么。如果我不表达，我的界限还存在吗？难道人们不把我的身体——我庞大的身体——当成一个非常大的界限吗？难道他们不知道我为建立这个界限付出了多少努力吗？

我不是一个喜欢通过身体接触表达情感的人。当我的皮肤碰触到另一个人的皮肤时，我总是感到惊讶和轻微震惊。这是真的。有时这种震惊令人愉快，就像——哦，这是这个世界里我的身体。有时，情况并非如此。我从不知道会是哪一种情况。

77

我常常感到绝望。我放弃了。我无法战胜我自己，我的身体，以及包裹着我身体的这几百磅肥肉。我想，感到痛苦、陷入自我厌恶的泥潭对我而言会更容易。我不像社会所期望的那样恨自己，除非某一天我过得非常糟糕，我才会真的恨自己。我厌恶自己。我不能忍受我的软弱、我的惰性，也不能忍受自己战胜不了自己的过去，战胜不了自己的身体。

这种绝望使人麻痹。锻炼身体、好好吃饭，还有努力照顾好自己，这些让我感到徒劳无力。我看着我的身体，我生活在我的身体里，我想，除了这个我什么都不知道。我再也不会了解比这更好的事物了。

然后我想，如果我真的这么痛苦，如果我的生活真的这么艰难，为什么我仍然什么都不做？

很多时候，我看着镜子里的自己，我唯一能做的就是问自己：为什么？你需要怎样才能找到改变的力量？

78

我一直很喜欢写作（不要和出版混淆）的一点是，你所需要的只是想象力。不管你是谁，你都可以写作。尤其是，你的长相并不重要。作为一个天生害羞的人，我享受事业成功之前写作的那种匿名性。我的故事与我的体重毫不相关，我喜欢这点。当我开始出版作品时，对我的读者来说，重要的是书页上的文字，我喜欢这样。在写作过程中，我最终得到了人们对我性格特质的尊重。

当我开始成为公众人物时，一切都变了。我开始巡回售书，开始演讲，开始宣传，开始在电视上露面。我失去了我的匿名性。并不是说我的长相重要，但我的长相确实有影响。

像剥去肌肤般袒露写作是一回事，摄影介入后带来的过度曝光是另一回事。我不得不经常拍照，这让我感到局促不安。我的每一部分都暴露在了镜头前。我的真相无处隐藏。通常，在拍摄视频之后，我的真相、我的肥胖都被放大了。

当我事业成功后，我的曝光度也激增了。到处都是我的照片。我录制的节目在微软全国广播公司、美国有线电视新闻网和美国公共电视网上播放。有一些人在电视上看到我，他们会专门给我发电子邮件或推特，告诉我我太胖或太丑，或既胖又丑。他们用类似“典型的女权主义者”或“世界上最丑的女人”这样的文字制作我的表情包。有时谷歌提示会把我引到MRA[①]追随者或混账保守派所在的论坛，他们会用我的活动照或杂志照肆意侮辱我的长相。我应该随它去。我应该对此一笑置之。我应该记住，那种会做出如此残忍事情的人不值得我为此费心。我应该记住他们真正讨厌的是他们自己。

当我为新书《糟糕的女权主义者》做宣传时，我接受了《纽约时报》杂志的采访。他们需要一张照片来配合采访，但对我的自拍照或手机里的任何快照都毫无兴趣。我去了纽约，在一家高级摄影师的工作室里拍了一张照片。前台接待员是一位身材高挑、体态轻盈的年轻女性，显然是兼职模特。在我等候时，她给我提供水或咖啡。

在杂志上，他们用了一张我的全身照，从头到脚趾都清

---

①“Moral Re-Armament”的简称，是一场提倡重建道德的政治、社会运动，兴起于20世纪30年代的美国。

晰可见。我盯着相机想，这是我的身体。这就是我的样子。不要太惊讶。这是我总是避免拍摄的一种照片，就好像如果只拍腰部或颈部以上的部分，我就能把自己和身体分开。好像我可以隐藏我的真相。好像我应该隐藏我的真相。

摄影师很英俊，魅力十足。他和妻子正在改造哈德逊山谷的一处住宅。我知道这点，是因为他为那天晚上没法参加我的活动而道歉。我甚至不知道他是怎么知道我的活动的。他问我要不要补妆，我没有化妆，所以，我只是笑着说："我的脸就是这样。"在我们开始之前，他问我想听什么音乐，我脱口而出："迈克尔·杰克逊。"因为当时我脑子里只能想到他。几分钟后，迈克尔·杰克逊开始在扬声器里高声歌唱，我感觉自己好像置身于电影之中。

一切开始变得更加如梦似幻。摄影师有两个助手，他们递给他他想要的相机或镜头。他告诉我该站在哪里，以及如何像电影人物那样摆姿势。他想让我放松，但我不擅长在镜头对准我时放松。最后我掌握了窍门，还笑了一两声。我开始觉得很酷，好像我红极一时。然后我想起当这些图片被发布时会发生什么。我知道，只要我存在，我就会被嘲笑、侮辱和贬低。就这样，成就感一下消失了。

早些年，在网上还没有很多我的照片时，我去参加一个活动，组织者经常会对我视而不见。在一次图书管理员的聚会上，有个男人问我需不需要帮忙，我说："嗯，我是主讲人。"他睁大了眼睛，红着脸结结巴巴地说："哦，好吧，我就是你要找的人。"他不是第一个，也不会是最后一个做出这种反应的人。人们没有想到在他们活动上发言的作家长成我这副模样。当他们意识到一个相当成功的作家竟会如此肥胖时，他们不知该如何隐藏自己的震惊。因为种种原因，这些反应很伤人。这证实了人们有多么轻视胖人——如果我们的身体如此不守规矩，人们便会认为我们既不聪明，也没有能力。

每次参加活动之前，我总是倍感压力。我担心我会在某些方面令自己蒙羞——也许没有适合我坐的椅子，也许我无法站一个小时，也许……我的思绪一直这样不停地延展。

有时候，我最害怕的事情就真的发生了。在我为《糟糕的女权主义者》做巡回售书活动时，我在纽约市的"房屋工程"书店举办了一场活动，以庆祝哈珀·普列尼出版社的五十岁生日。

那里有一个舞台，离地面两三英尺高，却没有搭配楼梯。我一看到它，就知道会有麻烦。到了活动开始时，和我一起参加活动的作家们都轻而易举地登上了舞台。接下来的五分钟对我而言犹如酷刑一般——在数百名观众的注视下，我试着登上舞台。有人想帮忙。最后，我用尽了大腿上所有肌肉的力量，由台上一位好心的作家——本·格林曼——把我拉了上去。有时，我的身体是一个最显眼的牢笼。在接下来的几天里，我充斥着一种强烈的自我厌恶。有时，我回想起那天晚上所受的羞辱，仍然会不寒而栗。

在把自己拖上台后，我坐上一把小木椅，而那把小木椅裂开了。我意识到，*我要吐了，我要在所有人面前摔倒了。*在经历了刚才的羞辱之后，我意识到我必须对这两件事缄口不言。我吐在嘴里，吞了下去，然后蹲了两个小时。我不知道我是如何做到没有大哭出来的。我想从那个舞台消失，从那一刻消失。要知道，羞耻是有深度的。但我不知道我的羞耻底线在哪里。

当我回到酒店房间时，我的大腿肌肉已经撕裂了，但我对这些肌肉蕴含的巨大力量印象深刻。我的身体是一个笼子，但这是我的笼子，有时我为它感到骄傲。尽管如此，当独自一人待在酒店房间里时，我还是哭了很久。我觉得自己如此没用，让自己如此尴尬。言语无法表达我的心情。我哭泣，是因为我对自己感到愤怒，对活动组织者，对他们如此缺乏远见而感到愤怒。我哭泣，是因为世界无法容纳我这样的身体，是因为我讨厌看到自己受到重重限制，是因为我觉得十分孤单，是因为我不再需要自己在周身搭起的保护层——但收回这些保护层比我想象中难多了。

79

想要被看见是要付出代价的，而当你高度可见时，你会付出更多代价。我是个固执己见的人，作为一个文化批评人，我经常分享观点。我对自己的观点很有信心，相信我有权在不道歉的情况下分享我的观点。这种自信往往会让不同意我观点的人感到不安。我的实际想法很少被提及，而我的体重却常被讨论。“你很胖。”人们说。或者因为，比如我在推特上说自己喜爱小象宝宝，他们就会开个大象的玩笑——当然，我就是那只大象。

在瑞典的一次宣传活动中，我在推特上提到瑞典人有自己版本的《超级减肥王》节目。一个陌生人表示，我就是由这个节目出口到瑞典的美国舶来品。无论我谈论的是严肃社论还是市井琐事，这种骚扰都经常出现。人们不允许我忘记我身体的现实情况，忘记我的身体是如何伤害他人感情的，忘记我的身体如何胆敢占用过多的空间。人们不允许我忘记，我如何胆敢这般自信，如何胆敢发出自己的声音，如何胆敢相信自己声音的价值——尽管我拥有这样的身体，也正因为我拥有这样的身体。

我越成功，就越会被提醒：在很多人心目中，我永远无法超越我的身体。无论我取得了怎样的成就，首先，我是一个胖人。

80

二十多岁时，我身无分文。我记得发薪日贷款[①]的利息高得离谱。我吃了很多拉面。一次只给汽车加五美元左右的油。电话被切断。多年没有医疗保险，因此很少去看医生。有一次，我不得不做一个 CAT 扫描，我甚至都不记得原因了，但我花了好几年时间才付清了那笔扫描费。多年没去看过牙医。这不是一个悲伤的故事，因为我很幸运。这就是生活，坦率地说，我以前在物质享受方面过得很轻松。我享有特权。我一直都如此。我身后悬着一张安全网——父母绝不会让我挨饿或流落街头，但我仍像一个成人应当的那样依靠自己生存，因而时常非常非常穷困。那时我一直在写作，但无人关注。而现在，这已经是我投身其中的工作。那时我刚开始尝试在小说和非虚构作品中发出自己的声音。

① payday loan，也被称为“payday advance”或“salary loan”，盛行于 20 世纪 90 年代的美国。这是一种无须抵押的小额短期贷款，以借款人的工作及薪资记录做担保，借款人承诺在下一发薪日偿还贷款并支付一定利息。

当然，现在我已经深谙此道。那时我有太多东西需要学习，我写啊写啊写，读啊读啊读，满怀希冀。我去上学，然后工作，得到越来越好的工作，然后继续上学，渐渐成为一个更好的作家，慢慢成为一个更好的人。我没那么穷了，我过得还不错，虽然赚得不多，但总能赚到足够的钱来经营自己的生活。在过去的九年里，我搬过两次家，搬家很贵，但我能负担得起。最后一次搬完家出门之前，我站在空荡荡的公寓里抽泣。这不是我喜欢做的事。我允许自己去感受一切。我允许自己承认我已经走了那么远。我没有吹牛。这是我人生的地图册。

在我二十多岁时，我的个人生活如同一团乱麻，还是最棘手的那种。我的生活再也不是那团乱麻了，我已经长大了，终于能对自己该死地足够重视了，不会再让那种烈火灼伤自己了。现在我还是一团糟，但我现在是另一种糟。我通常能识别出那种糟是什么，以及它来自哪里。我正在慢慢学习寻求帮助。我在学习很多东西。

我的眼睛睁得大大的。它们做好了准备，迎接可能看到的一切。

我试着把这些感觉储存在一个安全的地方，一个整洁的容器里，因为它将永远停留在那里。之后是强烈的需求。原始的冲动。席卷。破碎。温柔和凶猛兼具。占有。容器是一个谎言。容器被打碎了。有人找到了通向我的温暖的路。他们把我的地图册拿在手中。他们从头到尾追踪着那些疯狂延伸的轨迹。

第六章

81

我会尽量少去看医生，因为每当我去的时候，无论是去看甲沟炎还是感冒，医生都只会看到并诊断我的身体。我曾因为喉咙痛去了一家急救中心，看到医生在诊断栏里先写下“病态肥胖”，其次才是“链球菌性咽喉炎”。

医生们通常会遵守希波克拉底誓言，他们发誓遵守道德准则，发誓永远为了病人的最高利益而行医。除非病人超重。我讨厌去看医生，因为在治疗肥胖患者时，他们似乎完全不愿意遵守希波克拉底誓言。“首先不要施加伤害”——这句话不适用于不守规矩的身体。

仅仅待在诊所里就让我感到羞耻，尽管公众对肥胖和健康问题狂热不已，但诊所往往缺乏适合肥胖身体的设备。许多体重秤不能称体重超过三百五十磅的病人。血压仪的袖口总是太小，破旧的病号服也是一样。爬上检查台很困难。四肢张开躺着，袒露自己的脆弱，也很困难。

还有来自体重秤的羞辱——我不得不面对秤上显示的数

字，面对一个无法承受我身体的体重秤。当然，还有一些方法能使我测出自己的“实际”体重——如脱掉鞋子，并希望能脱掉所有衣服、剪掉头发，摘除重要的器官和骨骼。然后，也许，我愿意被称重，被测量，被评判。

当护士叫我称体重时，我常常拒绝，我告诉她我知道自己有多重。我告诉她我很乐意和她分享这个数字。因为每当我站上体重秤，很少有护士在看到我的体重数值出现在数字屏上时，能掩饰她们的轻蔑或厌恶。或者她们会同情地看着我，这几乎更糟，因为我的身体就是我的身体，不是什么需要同情的东西。

在检查室里，我紧紧攥着拳头。我严阵以待，准备战斗，不错，我必须战斗，为了我的尊严，为了基本的医疗权利。

医生们熟知肥胖身体可能会面临的种种挑战，因此他们因我不是糖尿病患者而惊讶。他们因我没有服用一百种药物而惊讶。或者他们并不会因我患有高血压而惊讶。他们看着那个数字，严厉告诫我减肥和控制体重的重要性。这是他们最快乐的时候，他们可以尝试用专业知识来强迫我规训自己的身体。

因此，即便我现在有很好的健康保险，还一直有权得到公平和友好的服务，我也依然不会去看医生，除非到了绝对不得不看的时候。即便我有未确诊的慢性胃病，而这个病在过去至少十年里，时常令我虚弱不堪，我也依然不会去看医生。医生首先不应该去做任何伤害病人的事，但当涉及肥胖的身体时，大多数医生似乎根本没有能力遵从他们的誓言。

82

二〇一四年十月十日，我最大的恐惧之一变成了现实。我在自己的公寓里，评阅我负责指导的研究生的写作。那一周我一直胃痛，但我以前经常胃痛，所以我一点儿也没在意。最后，我去了洗手间，感到胃部翻腾起一阵剧烈的绞痛。我想，*我需要躺下*。苏醒过来时，我发现自己躺在地板上，满身是汗，但感觉好多了。然后我看到自己的左脚扭向了一个不自然的方向，脚踝的骨头几乎刺穿了皮肤。我意识到，*不好了*。我闭上眼睛。我试着呼吸，试着不惊慌，试着不去想接下来会发生的一切。与此同时，下水道也出问题了，但我无力应对，也无法弄好我该死的伤脚，所以我只能把下水道问题暂时转移到我意识的角落里。

当你很胖时，你最大的恐惧之一就是：你在独处时摔倒且必须打电话给急救中心。这是我怀揣多年的恐惧，当我摔断脚踝时，这种恐惧终于成真了。

谢天谢地，那天晚上，我的手机就放在口袋里，所以我自己挪进浴室前厅，希望能获取信号。我的脚开始疼了，但根据多年来看《杏林先锋》《急诊室的故事》和《实习医生格蕾》等医疗剧的经验，远不及我想象中疼得那么厉害。

这是印第安纳州的拉斐特——一个小镇——所以 911 迅速接通了。在和善良的接线员通电话时，我脱口而出：“我很胖。”好像这是一种深深的耻辱。他平静地说：“这不是什么问题。”

来了很多急救员，百分之八十三的急救员都很热情。他们善良，富有同情心，每次看着我的脚都会露出关切的神色。最后，他们用夹板把我的脚固定住，靠这个装置把我拽出来，抬到带轮子的病床上。直到此时，一切都很好。然而，他们找不准静脉，最终试了很多错误的地方，给我留下许多瘀青。在等急救员救治时，我给我最好的朋友发短信说我出了事故。我想把它淡化，但我慢慢意识到我真的伤害了自己。

在医院，我拍了 X 光片，医生说：“你的脚踝骨折非常非常严重。”我想，这和普通骨折不太一样。我的脚踝也脱臼了。但那天晚上他们不能做手术，所以他们不得不重新矫正我的脚。这正如你心中所想的一样可怕。他们给了我芬太尼，这是迈克尔·杰克逊睡前吃的药，然后告诉我我将不记得任何事情。他们是对的。当我恢复知觉时，我问："你要现在治我的脚吗？"作为回答，我的腿被善意地轻轻拍了一下。我对制药业心怀感激。

另外还有两桩怪事。我的心脏一直在以不规则的节奏跳动，我很确定这种情况已经持续多年，而且我的血红蛋白含量很低。医生不打算让我回家休养，所以我在一间病房里住了十天。我的屁股生疼，疼得我简直想动手术把它切除。我几乎没有睡过觉，尤其是刚开始的时候，所以我的精神状态不是很好。每隔一段时间，护士就会记录我的"生命体征"，在我身上戳戳点点，做一些难以捉摸的事情。我讨厌被触摸，所以这简直是某种特殊待遇。不过幸运的是，他们有合身的大号病号服，但这只是一剂微乎其微的安慰。无助中包含了太多侮辱。

在这家医院，医护人员在每晚十一点及次日三点和七点检查病人的生命体征。所以我不确定自己什么时候应该睡觉。他们白天也可能会不时检查病人的生命体征。在这十天里，我了解了很多医院的日常动态。我基本上成了一个专家。隔壁房间里有个女人，每隔二十秒左右就会"嘿"一声。她喜欢拔掉静脉注射管，爱捣乱。她上了年纪，但在这段时间里却没有人来看过她，我为她感到难过。我就没那么幸运了。

事故发生当晚，我给当时住在芝加哥的弟媳和弟弟发了短信，我说："不要告诉爸妈。"我清楚，父母知道后肯定会惊慌失措。当然，他们还是告诉了父母。父母也的确坐立不安。弟弟和他妻子租了一辆车，专程赶来照看我。第一天一片模糊，混杂着痛苦与困惑。因为我的血红蛋白太低，骨科医生无法给我做手术，所以我输了第一次血。多么惊人啊，我体内就这样突然有了别人的血液。另外让我高兴的是，这位骨科医生相当迷人。他医术精湛，待遇颇丰，走起路来昂首阔步。那天是星期六。

星期天，我又输了一次血，所以我身上流着至少两个外人的血。由于我的脚踝还不稳固，外科医生决定给我做手术。当医护人员把我推到手术室时，我告诉麻醉师，她应该额外把我打晕，因为我看过电影《清醒》。她摇摇头说："我讨厌那部该死的电影。"我深感赞同，并告诉她，关于作家的电影都很糟糕。尽管如此，我还是说："但这次还是要确保我能好好睡一觉。"

在这一切发生时，我正在和我最好的朋友发短信。她很崩溃，但她尽力显得平静克制。她想在医院陪我，但现实情况不允许。但她仍以各种重要的方式陪伴着我。我现在仍然很感激她。

在手术室里，我只记得氧气面罩突然朝我脸上袭来，其余一片空白。我在另一个房间里醒来，看到一位女士盯着我，我不想被她盯着看，于是说："别盯着我看了。"然后我大脑又一片空白。我听弟弟说手术很顺利，但我的脚踝比医生预想中伤得更重。一根肌腱撕裂了，拉扯着这里、那里，还有更多地方。我的脚踝里现在还有金属片。我是半个机械人。

我和侄女关系很亲密，但在手术后，她看我的目光满是怀疑。她只有两岁，不喜欢我左腿上的大石膏。她极不情愿地给了我一个飞吻，然后就开始做她的事了。她也不喜欢医院的病床。不过，她很喜欢我房间角落里那把轮椅。当我做完手术回到自己房间时，父母奇迹般地出现了，一起出现的还有我的另一个弟媳、侄女以及表弟和他的伴侣。我想，原来这真的需要一个村庄啊。[①]他们再次提醒了我，我是被爱着的。

---

① take a village，需要一个村庄，指困难任务规模之大。来源于 it takes a village to raise a kid，抚养孩子需要一个村庄，即需要一个由不同人群组成的整个社区与孩子互动，以便孩子在安全的环境中体验和成长。

在这十天里，我听到一些病人睡觉时鼾声如雷。病房内温度波动很大。我开始便秘。我很想冲澡，但冲不了。护士的助手帮我洗了盆浴，她们有干洗的洗发液，还有和身体一样大的湿毛巾。我吃了很多见效快的药，我真的很享受吃药这部分。由于伤势严重，我有一段时间得卧病在床。我不得不取消一些活动，不得不让大家失望，但我要在家里待六周。我和我任职的学校重新做出安排，在康复期间，我会在线授课。

医护人员把我照顾得很好，但他们却不善于沟通。我变成了跳动着的一团，充满了恐惧、孤独和需求——尽管我很少会在哪段时间单独待着。这一切都超出了我的控制，而我喜欢控制，所以我所有的情绪爆点都在同一时间被触发了。

做手术之前我完全吓呆了。我意识到我的人生还有很长的路要走。我不想死。那时我想，*我不想死*，这是一个很奇怪的想法，因为当我不得不以一种特定的方式面对死亡时，我前所未有地想要积极活下去。我开始想所有我仍想做的事，想那些我还没写下来的文字。我想到了我的朋友，我的家人，我的挚友。

我不能很好地面对恐惧。我试着把我爱的人推开。我担心人们不允许我拥有人性的弱点，因为弱点会让我不够好。

在住院期间，我不在自己最好的状态里。因为太多事情超出了我的控制：床短得要命，病号服让我没有安全感；我不能洗澡，我不能真正走动，我吃不下东西——医院的食物太恶心了。我不是一个爱哭的人，所以我好些天都没有真正崩溃，直到有一天早上，医生告诉我，我不能很快回家。

我尽量不抽泣。我试着像电影里那些精致女人一般优雅地哭，但是……我不是一个娇弱的女人。当护士往里看时，我会揉着眼睛，紧咬下唇，让自己显得坚忍，而当她们看向别处时，我又会哭起来。我胡言乱语地说着各种伤心事。这是我的人生低谷，是众多低谷中的一个。

当我摔断脚踝时，每个人都很担心我，这让我很困惑。我有一个充满爱的庞大家庭，以及一个稳固的朋友圈，但这些都是抽象的东西，是我理所当然拥有的东西，然后突然之间，它们不再抽象，不再理所当然。每天都有人给我打电话，在我的病床旁徘徊，给我寄一些只是为了让我开心起来的东西。有很多满怀关心的短信和电子邮件，我不得不面对一些我长期以来假装不真实的事情，个中原因我还无法完全明白。如果我死了，我会永远离开那些因我离世而痛苦的人。我终于意识到，我对自己生命中的人而言是重要的，而我也有责任把自己看得同等重要，有责任照顾好自己，这样他们就不会在我的最后时刻来临之前失去我，这样我就能够拥有更多时间。当我摔断脚踝时，爱不再是一种抽象的东西。它变成了某种令人沮丧的真实，或一团糟的必需品，在我生命中大量存在。意识到这些令人疯狂。我现在仍在试着感知这所有的爱，尽管它一直都在那里。

现在，已经过去两年多了。我的左脚踝仍会阵阵抽痛，不住地提醒我："有一次，这些骨头都碎了。"

我总是想知道治愈——身体上的治愈和精神上的治愈——到底是什么样。有人说思想和灵魂，可以像骨头一样干净利落地愈合，我被这种想法所吸引。如果它们在特定时间内被恰当地重置，就会恢复原来的力量。治愈不是那么简单。它永远不会那么简单。

多年前，我告诉自己，总有一天，我将不再感受到这种他人带给我的平静而持久的愤怒。我会醒来，不再有任何回忆。我不会醒来再去想我遭受暴力的过往。我不会再闻到啤酒的酵母味——哪怕只有一秒钟、几分钟或几个小时——而忘记我置身何处。还有很多，很多，很多。那一天从没有来过，或者说那一天还没有来，而我也不再等待。

尽管如此，发生改变的那一天已经到来。当我被触摸时，我退缩得越来越少。我并不会总把温柔看作暴风雨前的平静，因为通常，我相信暴风雨不会来临。我不再那么恨自己了。我尝试原谅自己的罪过。

在我的小说《一种未驯服的状态》中，主人公美里在经历了地狱般的折磨后想到，有时破碎的东西需要彻底支离破碎才能真正愈合。她想找到一种能以必要的方式摧毁她的东西，这样她就能回到被绑架前的生活。

我破碎了，接着又摔断了脚踝，被迫面对许多我长期忽视的事情。我被迫面对我的身体和它的脆弱。我被迫停下来，深吸一口气，开始在乎我自己。

我一直担心自己不够坚强。坚强的人不会像我这样身处那般无助的情境。坚强的人不会犯我所犯的错误。这是我多年来编造出来的无稽之谈。我可以纠正别人的这些想法，但不知怎的，我自己仍会这样想。当担心自己不够坚强时，我就会很想展现出一副坚韧而无懈可击的冷冰模样，像一座固守的堡垒。我担心，即使我做不到，也要保持这种形象。

二〇一四年十月十日之前，我把自己逼得很紧。我总是把自己逼得很紧，对自己冷酷无情，不停地逼迫自己，觉得自己是超人。当你二十岁时你可以这样做，但当你四十岁时，你的身体基本上只会说："控制自己。坐下来。吃些蔬菜，补充点儿维生素。"在脚踝受伤之后，我认识到了很多事情。其中最深刻的一条是，照顾自己就是治愈自己的一部分，同时，要学习如何人性地与自己的身体相处。

我受伤了，然后又伤得更深，我还没有痊愈，但我已经开始相信，我终会被治愈。

83

当出版自己的小说时，我就大致知道，事情会发生变化，但我对此表现得相当被动，部分原因是我有点儿怨恨——当一个女人写作时，她的个人故事就成为小说的一部分，即使她写的是虚构作品。

父母一直都知道我是个作家。当我还是个小女孩时，他们就鼓励我创作，给我买了第一台打字机，读我写的小故事，像所有慈爱的父母一样称赞它们。但我的写作内容对他们来说很模糊，尤其那时我还是一个不知名的作者，像巴诺这样的书店还没有开始卖我的书。他们不熟悉那些我发表大部分作品的在线杂志，我也没有特意与他们分享过我的作品。当我的小说《北方国度》被《美国最佳短篇小说集》收录时，我告诉了母亲，她却问："那是什么？"

《一种未驯服的状态》和《糟糕的女权主义者》发行时，我言辞模糊，尤其对自己在《糟糕的女权主义者》中透露的秘密保持沉默。后来，《时代》杂志写了这本书的书评，提到了我被强奸的事。对于读过我某些文章的人来说，这不是什么秘密，但在当时，对我的大多数家人来说，这是一个秘密。曾经发生的那件事情我没有和家人提过。我无法和他们谈论这件事，我无法承受。即使是现在，记忆依然过于鲜活。我身上还留有这件事带来的余波。或者这是个秘密。

在网上看到这篇书评的那一天，父亲打来电话，对我说："我看了《时代》杂志的评论。"我装作若无其事的样子，但我知道他在说什么。

几周前，母亲用她的方式温柔地开导了我。我们谈到，有时孩子会害怕和父母谈论他们所经历的创伤，即使他们的父母通情达理。我告诉她，我的大部分作品都在谈论性暴力和创伤。我们谈到，我们多么希望，对我侄女来说，这会是一个更好的世界，无论她遇见什么事，都能找到人倾诉。我意识到母亲知道了我的事，我心存感激，只因她和我如此相似——我们始终在谈论真相，却都没有戳破它，这就足够了。

当看完《时代》杂志的书评后，我去看望父母，父亲问我："你为什么不告诉我们发生了什么事？""爸爸，我当时很害怕。"我说，"我以为我会惹祸上身。"

十二岁时，我为当时发生的事情感到无比羞愧。我为自己和一个我渴望被其所爱的男孩所做的一切感到羞愧，因为这致使我饱受他和他朋友的折磨。我为事件之后的余波感到羞愧。我觉得这些都是我的错。

父亲告诉我，我应该得到公正对待。他告诉我，他本来会为我讨回公道，而我躲进了内心深处，就像往常一样。在接下来的谈话中，我只是在走过场，不时盯着一个电子设备。我本可以处理得更好，但我听到了长久以来我需要听到的声音，我想要崩溃，尽管我不知道该怎么再崩溃一次了。我的家人知道了我的秘密。我自由了，或者说，一部分的我自由了，而另一部分的我仍然是树林里那个女孩。我可能永远都是那个女孩。父亲和弟弟们想知道那个男孩的名字。我不会说出他的名字。

我想我的家人现在更理解我了，这很好。我想让他们理解我。

我想被理解。

84

几年前，我寻找过这个来自过往的男孩，想知道他变成了什么样。他的名字并不罕见，但也不像约翰·史密斯这样稀松平常，所以我有机会找到他。我不停地找啊找啊找。这变成了一个小小的强迫症。每天，当我在谷歌上搜索他的名字时，我都会滚动浏览数百条搜索结果。我试着把他的名字和我初识他的那个州结合起来搜索，但他已经不住在那里了。我试着猜测他长大后会变成什么样——我最初两次猜的是政治家或律师，所以你大概能猜出他是什么样的人。我找到了他。他既不是政客也不是律师，但离我的猜测也不远。人不会变。我不知道我能否认出他来。我本不该怀疑自己。有些面孔你永远不会忘记。他长得和以前一模一样。一模一样。他看起来年长了一些，但不是太多。他头发的颜色比以前深了。我知道自己有多少年、多少月、多少日没有见到他了。已经有二十多年了，但还不到三十年。我在任何地方都能认出他来。他留着和以前一样的发型，有点儿像徒有其表的私校生。他的脸很宽。他是一家大公司的主管。他有一个光鲜的头衔。他脸上的神情跟从前一样不可一世，那种“世界属于我”的自大是某些人——像他这样的人——与生俱来的。自从找到了他，我每隔几天就会在谷歌上再搜索一次，好像在努力确认他不会失踪。我需要知道他在哪里。我需要时刻了解他和我之间的距离，以防万一。我不知道我为什么告诉你这些。或者我知道。我写这本书时在谷歌上搜索过他。我不知道为什么。或者我知道。我在那儿坐了好几个小时，盯着他发布在公司网站个人页面上的照片。我感到恶心。我能闻到他。这就是未来带给我的东西。有时我想，下次我去他的城市时要找到他。我经常去那里。如果我告诉那儿的朋友我在做什么，他们会试图阻止我，所以我会等待时机，同时秘密计划，犯下一个明知故犯的罪。我善于等待。我可以挤出时间去找他。他不会认出我。他认识我时，我极瘦，个子也矮得多。我那时娇小、可爱且聪明，但并不那么聪明。我不再是那个女孩了。我能找到他，然后藏在众目睽睽之中。我能做好。他不会看见我。他的目光将径直穿透我，宛如无物。我知道他在哪里工作，知道他的电子邮件地址、电话号码和传真号码。我没有把这些信息写下来，但我都知道。我在网页上标了书签，或许还深深记在了心里。有了谷歌街景地图，我还知道他办公楼外面的街道是什么样的。种着棕榈树。他的办公室视野很好。这就是未来。我没有任何想对他说的话，或者更确切地说，我和他没什么可说的。或许我有。也许我有很多话想对他说。我不知道。我想知道他住在哪里。如果我去他的工作地点，在停车场外面等着，跟着他回家，我就能知道他住在哪里，知道他怎样生活。我能看见他晚上睡在哪里，看见他怎样入睡。我想知道他是否结婚了，是否有孩子，是否幸福。他是个好丈夫和好父亲吗？我想知道他是否仍和以前交往的那些朋友保持联系。我不知道他们是否谈论过以往的美好时光，是否谈论过我。我想知道他能否告诉我他们的名字，因为我谈不上真的认识他们，我只是知道他们，后来我认识了他们，但从来不知道他们的名字。我想知道他是否已经成为一个好人了。有一次，我们在树林里亲热，被我弟弟逮到，他为此敲诈了我好几周。我必须照他说的去做，否则他会告我的状，这意味着我要做所有本该由他去做的愚蠢家务，还要不停担心他会告诉父母我是天主教徒里的坏女孩。手足之间的关系也可以异常堕落。弟弟也告诉我，他不喜欢这个家伙，我应该远离他。我告诉他，他太傻了，一点儿也不成熟。我和一个黄金男孩有一段秘密的罗曼史。这才是最重要的。我告诉他，他嫉妒有人喜欢我。我告诉他，他自己只是个孩子，他不明白。我本该听我弟弟的话。我当时也是个孩子。我想知道这个留在我记忆中的男人是怎么喝咖啡的，因为他的办公室对面就有一家星巴克。这也是谷歌告诉我的。我想知道他是否吃牛羊肉，是否仍然喜欢看《花花公子》，是否有什么爱好，是否仍然尖酸刻薄地对待胖小孩。我为他而疯狂。我可能会做他要求我去做的任何事。人们还像以前那样喜欢他吗？他开什么车？他和父母亲近吗？他们还住在同一幢房子里吗？我打过电话到他办公室找他。打过不止一次。通常，我会立即挂断电话。有一次我编造了一个故事，说我需要和他谈谈，然后他的秘书就帮我接通了他的电话。我编了一个好故事。当我听到他的声音，我丢掉了电话。他的声音没有变。当我再次拿起电话时，他不停地说：“你好，你好，你好……”说了很久。他不停地打招呼。就好像他知道那是我，就好像他也一直在等待这件事情发生，接着很长一段时间之后，他不再说话了，我们彼此静默地坐着，我一直在等他挂电话，但是他没有挂，我也没有挂，所以我们只是听着对方的呼吸。我感到瘫软无力。我想知道他是否会想起我，是否会想起他强行索取之前我给予他的一切。我想知道，当他和妻子做爱时，是否会想起我。他是否会厌恶自己？当他想起他曾做过的事情时，会感到性欲高涨吗？他让我作呕吗？我想知道，他是否知道我每天都会想起他。虽然我嘴上不承认，但这是真的。他总是如影随形。总是如此。我永无宁日。我想知道，他是否知道我曾找出过当时凌辱我的人，而那些人也经常能找到我，因为他们知道我在寻找什么。我想知道，他是否知道我是怎么找到他们的，以及我是怎么将所有美好事物拒之门外的。他知道这么多年来，我始终都无法真正摆脱他挑起的那件事吗？我想知道，如果他知道，我在做爱过程中只有想到他时才会产生感觉，他会怎么想？如果不想他，我会敷衍了事，说服自己，但当我真的想到他时，那种快感如此强烈，摄人心魄。我想知道他是否熟知达摩克利斯之剑[①]。他总是如影随形，每天晚上，不管我和谁在一起，他一直都在。如果我想找到他，我可以假装自己是想同他做交易的客户。我知道如何在他的生意圈子里活动。我可以跟他预约，让他给我看些相关的东西。我能让自己和他坐在同一屋檐下，

①或称“悬顶之剑”，指当权者时刻要面对的紧迫危机，也泛指时刻存在的危险。典出古希腊传说。

尽管我怀疑他从来没有这样想过。我也有一个光鲜的头衔。我可以坐在他对面，我们共同置身于一间视野绝佳的角落办公室[①]里。我敢肯定，他的桌子一定宽大而气派——作为某些方面的补偿。我想知道，在他认出我之前，我们要坐多久。我想知道他是否还记得我。我的眼睛没有变。我的嘴唇没有变。如果他还记得我，他会承认吗？或者他会假装不戳破我，让这场战局停滞不前？我想知道我会在那儿坐多久。我想知道我能在那儿坐多久。我想知道我是否会告诉他我变成了什么样，告诉他我怎样造就了现在的自己，告诉他我怎样在受他影响之后造就了现在的自己。我想知道他是否会在意，我想知道这是否重要。

①通常指企业最高层领导的办公室，一般位于大楼拐角处，可独享两面窗景。

85

我正朝着我想要的生活一点点迈开步伐。在过去的十二年里，我在美国乡村生活得相当不开心。作为一名黑人女性，即使在最好的时候，生活也很难熬。坦白地说，除了我无法选择自己住处的研究生院，在别的地方，我一直在躲藏。我害怕生活在一座这样的城市：在我看来，人人都苗条、健美、漂亮，唯有我令人生厌。

我在密歇根州的上半岛待了五年，而直至搬到那里读研究生那年，我才知道它的存在。我住在一个人口仅四千的小镇上。而水陆联运桥另一侧的小镇则容纳了七千人。在我住的小镇，街道上的标志都是英语和芬兰语双语的，因为这个小镇是芬兰本土以外芬兰人最集中的地方。我们远在北境深处，在这里，我的黑皮肤更多是一种新奇的东西，而非某种威胁。我是个格格不入的女人，但我并非时刻感觉不安。这里有废弃的铜矿，苏必利尔湖的绝美胜景，还有笼罩万物的广袤森林。秋天，人们忙于猎鹿，鹿肉那么多。冬天则漫漫无边，积雪深不可测，雪地摩托痛苦地呜咽着。这里有寂寞。这里有我的朋友，他们让这种孤独变得可以忍受。这里还有一个男人，他把一切都变得美妙绝伦。

而在伊利诺伊州乡下度过的那段日子里，我住在一个被玉米地环绕的小镇上，寄居在一栋紧邻开阔草地的公寓楼里。可惜，建造这栋公寓楼的开发商早早耗尽了资金，于是这个雄心勃勃的项目最终夭折了。草地碧绿无边，周围树木环绕。秋天，我经常看到一群鹿在草地上飞奔。它们让我想起了密歇根。尤其在早些时候，它们让我内心浮现出一个念头——我想回家。而当我发现，我的心、我的身体把那样一个意想不到的地方当成家时，我不禁大吃一惊。那个男人没有跟我一起走。他不明白，为什么我不想也不能，在那个唯一被他称作家的地方养育棕色皮肤的孩子。还有更多别的原因，但这是其中重要的一项。每到夏末，就会有农夫在草地上打谷，然后把干草拖走。我站在阳台上，看着他有条不紊地耕种，看着他让土地变得有价值。我一直告诉自己，我有份工作。至少我有份工作。这个城镇更大。我培育了一个小小的梦想——住在一个我可以随意梳妆打扮的地方——尽管我不知道这个梦想是否会成真。那里有一家星巴克，虽然除此之外并无其他。那里让我感到孤独。那里有一些非常非常不合时宜的人把一切都搞得丑陋不堪。我们离芝加哥只有三个小时车程，所以对当地人而言，我的黑皮肤引发的威胁感要比引起的好奇心更大。那儿的校园里也有黑人学生，他们足够有勇气，敢于追求高等教育。在当地报纸上，有大量本地人写下的愤怒信件，他们在控诉一种新的犯罪因素——埋藏在年轻黑人野心和欢乐之下的祸害。如果宽容一些，我试着去相信，当地人是在用愤怒来掩盖他们生活在一个处于变幻世界中的垂死小镇的恐惧。

四年后，我搬到了印第安纳州中部一个更大的镇子，其实已是一座小小的城市。刚到这里几周，我就在一家电子产品商店遭受了种族歧视。住在这里，我的处境从没变好过。当我抱怨当地人从始至终都令我很不舒服时，当地的熟人经常试图用不同方式告诉我："不是所有的印第安纳人都这样。"这就好比社交平台上的男性让有关厌女症的讨论偏离正轨时所说的"不是所有的男性都这样"。这里有寂寞。虽然我们离老南方[①]有几百英里远，但南部邦联做派在这里依然相当活跃。这里有人开着一辆尾部飘着"白人至上主义"旗帜的气派黑色皮卡。我的牙科保健师告诉我，

①南北战争之前的美国南方，其后提到的南部邦联（the confederacy）即指美国内战时的南部邦联。

我住在比较差劲的城区。但其实这里没有什么比较差劲的城区，真的没有。当地报纸上刊有大量本地人写下的愤怒信件，他们抗议镇上出现了新的犯罪因素。“芝加哥人。”他们说。这是黑人的代号。在校园里，反堕胎的学生在人行道上写下“计划生育是黑人生命的头号杀手”和“举起手来，不要堕胎”。我的黑人身份再次构成了威胁。我毫无安全感，但我知道自己有多幸运——这让我知道，过着动荡生活的黑人会有多么强烈的不安全感。

住在城市的朋友们长久以来一直在问我是怎么做到这一点的——在这些对黑人如此不友好的小镇里年复一年地生活。我说我来自中西部，这是事实；我从来没有在大城市生活过，这也是事实。我说，中西部是我的家，即使这个家并不总是拥抱我，而且，中西部是一个充满活力、必不可少的地方。我说，我可以在任何地方成为作家，而作为学者，工作在哪儿，我就去哪儿。或者，我曾说过这些话。现在，我只是厌倦了。我说：“我讨厌这里。”一阵喜悦涌上心头。我担心我在任何地方都不会感到快乐或安全。不过之后，我来到那些不会突显我黑人身份的地方，我可以不必总去捍卫自己呼吸和生存的权利。我正在孕育一个新的梦想——构想一个我已经看作家的地方——那是明亮的天空，是浩瀚的大海。我正在学习着，在我内心深处，在我欲望和需求的基础上，为自己建立一个家。我已经决定，我不会再让身体支配我的存在，至少，不会全部支配。我不会再逃避这个世界。

86

我的身体，以及我借由这个身体穿行世界的经历，以种种意想不到的方式影响了我的女权主义价值观。生活在我身体里的经历，使我对他人和他们的身体真相充满更深的同理心。当然，这向我展示了包容和接纳（不仅仅是忍受）不同身体类型的重要性。这向我展示了，一个特定体形的女人——我小心翼翼地用这一描述向别人介绍我的身体，并从中得到一种表面上的尊严——已成为我身份的一部分，而且至少已有二十年，它和我身份的其他组成部分一样重要。尽管经历了挫折、羞辱和挑战，但我仍试着尊重自己的身体。这个身体是强韧的。它能忍受各种各样的事情。我的身体给了我存在的力量。我的身体非常强大。

此外，我的身体迫使我去更多地留意，具备不同行动力的其他身体是如何在世界上穿行的。我不知道肥胖是否是一种残疾，但我的体形肯定会影响我在特定空间行动的能力。我不能爬太多楼梯，所以我总是在想该怎么进入某个空间。那里有电梯吗？舞台下有台阶吗？有多少层？台阶边有扶手吗？我必须问自己这些问题，这也使我明白，它们只是残疾人出行前必须提出的一小部分问题。这让我明白，作为身体健全的人，我总是视一切为理所当然，我们总是视一切为理所当然。

我曾和格洛丽亚·斯泰纳姆一起参加过一个活动，当时她在推介她的新书《在路上：我的生活》。活动在芝加哥举行，我们坐在一个舞台上。我试图保持冷静，因为我旁边坐着的是格洛丽亚·斯泰纳姆。在我们右边几英尺外是手语翻译。当格洛丽亚和我开始对话时，我们注意到观众中嗡声一片：有几个人想让手语翻译挪动一下，这样他们就能更好地看到我和格洛丽亚。他们的要求是可以理解的，视线的确很重要。但是，这些视线并不比听障人士能看到手语翻译更重要。翻译站在那里，环顾舞台，显然充满了困惑与苦恼。我让她坐在她之前坐的地方，并告诉她，同别人能看见我们相比，她被听障人士看见更重要。毕竟，这是一场对话。重要的是我们能被观众中的每一个人听到。

我分享这个故事，不是在凸显我很特别，抑或试图寻求表扬。只不过，在那一刻，我拥有比他人更强大的感知力，这种感知力只能由我的身体带来。那一刻，我超越了自己，明白了我们所有人都必须更加体谅他人身体的客观现实。

我过去和现在都很感激那一刻。我很感激我的身体，不管它多么不守规矩，但它让我从那一刻起开始学习。

87

我常常想，如果这件可怕的事情没有发生在我身上，如果我没有把人生中的大把时间耗费在竭力渴求上，那么我会是谁。我想知道另一个罗克珊的生活会是什么样，我想象过那个最终安然无恙长大成人的女人，她是我无法触及的硬币的另一面。她身材苗条，充满魅力且备受欢迎。她很成功，已婚，有一两个孩子。她有份好工作和一个完美的衣柜。她跑步，打网球。她充满自信。她性感迷人。她昂首阔步地走在街上。她并不会永远感到害怕和焦虑。她的生活并不完美，但她很平静，很自在。

换句话说，我一直在想，如果一个人觉得活在自己的身体里很舒服，那得是一种多么奢侈的体验啊！会有人觉得活在自己的身体里很舒服吗？精美的杂志让我相信这确实是一种难得的体验。我的朋友谈论他们身体的方式也让我得出了同样的结论。我认识的每个女人都一直在节食。我知道活在我的身体里令我不舒服，但我想要感到舒服，这就是我正在努力的方向。我正在努力摒弃那些有害的文化信息，它们告诉我，我的价值与我的身体紧密相连。我正在努力撤回我对自己说过的所有可恨的话。我试图找到方法，让自己能昂首挺胸地走进一个房间，而当人们盯着我看时，我也会回看他们。

我知道，仅仅只是减肥，并不会让我觉得活在自己的身体里很舒适。理智上，我并不把瘦等同于幸福。我可以在明天早上醒来时瘦下来，但我仍然会背负着自己拖曳了近三十年的沉重包袱。我还会独自舔舐自己多年来作为一个胖子生活在这个残酷世界上而留下的累累伤疤。

我最大的担心是，我永远都切除不掉那些伤疤。我最大的希望是，有一天，我将切除掉大部分伤疤。

88

十二岁时，我被强奸了，然后我暴饮暴食，把自己的身体建成一座堡垒。我成了一团乱麻，后来我长大了，远离那可怕的一天，变成了另一团乱麻——一个尽其所能努力爱与被爱、努力生活、努力成为更好的人的女人。

我已经痊愈了，正如我曾希望的那样。我已经接受了，我永远都不会是那个在“如果、如果、如果”的各种情景下本可以成为的女孩。我至今仍心有余悸。仍然有一些最意想不到的事情会触发我的回忆。我不喜欢被和我没有亲密关系的人触摸。我对一群男人会产生疑心，尤其是当我一个人的时候。我做噩梦，尽管次数已经少很多了。我永远不会原谅那些强奸我的男孩，并因此感到万分心安理得，因为原谅他们不会让我从任何事情中解脱出来。我不知道我现在是否幸福，但我能看到并感觉到幸福就在我触手可及之处。

但是。

我不再是那个充满恐惧的女孩了。我让正确的人走入了我的内心。我找到了自己的声音。

我正在学着更少去在意别人的想法。我逐渐明白，感到幸福的标准不是体重的减轻，而是觉得活在自己的身体里很舒服。我更多地投身于挑战有害的文化规范，这些规范对于女性该如何生活、如何对待自己的身体规训过多。我努力发出自己的声音，不只是为了我自己，也是为了那些需要被看到和听到的人们。我努力工作，在自己过去从不敢奢望的职业生涯中尽情享受。

我充满感激，至少一部分的我从生命中最糟糕的日子里走了出来，我不想改变真实的自己。

我不再需要我所建造的身体堡垒。我需要拆除一些墙，而且需要只为我自己拆除这些墙，不论拆除会带来哪些好处。我认为这是在重构自我。

写这本书是我做过的最难的一件事。袒露如此脆弱不堪的自己从来不是一件容易的事。直面自己，抑或直面活在我这样身体里的自己，从来不是一件容易的事情，但是我写了这本书，因为这是必要的。在写这本关于我身体的回忆录时，在告诉你们关于我身体的这些真相时，我在和你们分享我的真相，它只是属于我的真相。如果这个真相不是你想听的内容，我能理解。这些真相也让我不舒服。但我仍想说，这里有我的心——我残存的心。我在这里，向你们展示我的渴望是多么凶猛。我在这里，终于给予自己能够如此脆弱，如此充满人性的自由。我在这里，陶醉于这种自由。在这里。看看我内心深处的渴望，看看我的真相允许我创作的一切。

致谢

这本回忆录的部分章节曾以不同形式发表于《古德》《锡屋》《吐司》《执行官简》《简洁》以及《跨越》[①]。

感谢《法律与秩序：特殊受害者》，这部剧总在电视上播放，给我的写作提供了一个熟悉的背景音。

我要感谢哈珀柯林斯出版集团（HarperCollins）的玛雅·齐夫、卡尔·摩根、凯特·德斯蒙德、阿曼达·佩尔蒂埃和艾米丽·格里芬，感谢他们对这本书的全力支持。玛雅是第一个拿到这本书的人，她一直是它最热心的拥护者；在艾米丽宽宏而富有洞察力的编辑下，这本书最终成型。

感谢“同性恋团队”，感谢我出色的图书经纪人玛丽亚·马西，我的电影电视经纪人西尔维·拉宾诺，我的发言人凯文·米尔斯和崔妮蒂·雷，还有我的律师列夫·金斯伯格。

---

① 《古德》(GOOD)、《锡屋》(Tin House)、《吐司》(The Toast)、《简洁》(Brevity) 均为美国报刊名；《执行官简》(xoJane) 与《跨越》(Autostraddle) 为面向女性的美国在线杂志。

感谢莎拉·霍洛韦尔，一位我在中西部作家研讨会上遇到的年轻美丽的女士。她永远不会知道她教会了我多少事情：我有权占据空间，有权为自己的身体辩护，有权觉得自己的身体本来就很美。

感谢我的朋友丽莎·米查姆、劳伦斯·约瑟、艾丽萨·纳丁、杰米·阿滕伯格、莫丽·巴克斯、布莱恩·梁、特里·麦克米伦、莉迪亚·尤克纳维奇、曼莎·德玛丽和布莱恩·刘。还要感谢所有被我遗漏的人，因为我总是忘记别人，我对此表达诚挚的歉意。

感谢我的家人，他们一直无条件地爱着我，让我知道我随时可以回家。他们是：迈克尔·盖伊和妮可·盖伊、小迈克尔·盖伊、杰奎林·卡姆登·盖伊和帕克·妮可·盖伊、乔尔·盖伊和海莉·盖伊、索尼·盖伊、马塞勒·拉夫以及梅斯明·德斯汀和迈克尔·科斯科。

在我最好的朋友特蕾西的支持下，我找到了创作《饥饿》的勇气。在特蕾西眼里，我从来都是那个真实的我，她教会了我如何使用色拉布，她总是逗我笑。感谢你，谢谢你，谢谢。

图书在版编目(CIP)数据

饥饿 : 一部身体的回忆录 / (美) 罗克珊·盖伊著 ; 邓迪译. -- 海口 : 南海出版公司, 2021.1
ISBN 978-7-5442-9903-9

Ⅰ. ①饥… Ⅱ. ①罗… ②邓… Ⅲ. ①回忆录-美国-现代 Ⅳ. ①I712.55

中国版本图书馆CIP数据核字(2020)第059878号

著作权合同登记号 图字: 30-2019-146

饥饿：一部身体的回忆录
〔美〕罗克珊·盖伊 著
邓迪 译

出　　版 南海出版公司 (0898)66568511
　　　　 海口市海秀中路51号星华大厦五楼 邮编 570206
发　　行 新经典发行有限公司
　　　　 电话(010)68423599 邮箱 editor@readinglife.com
经　　销 新华书店

策划编辑 第五婷婷
责任编辑 黄宁群
特邀编辑 白 芸 周雨晴 吕宗蕾
营销编辑 李筱竹 张媛媛 张 典
装帧设计 李照祥
内文制作 张 典

印　　刷 北京盛通印刷股份有限公司
开　　本 850毫米×1168毫米 1/32
印　　张 10
字　　数 157千
版　　次 2021年1月第1版
印　　次 2021年6月第2次印刷
书　　号 ISBN 978-7-5442-9903-9
定　　价 59.00元